KB235005

라오스가 좋아

라오스가 좋아

김향미 · 양학용 지음

별글
별처럼 빛나는 글

라오스가 고맙다

5년 사이에 라오스를 세 번 여행했다.

매번 도착하고서야 왜 또 라오스인가를, 나는 묻곤 했다. 한 번도 라오스가 내게 가슴 떨리는 그리움의 대상은 아니었기 때문이다. 어찌하다 보니 라오스행 비행기 티켓을 손에 쥐고 있었고, 문득 정신을 차리면 그곳에 발을 딛고 있었을 뿐이다. 본격적으로 여행을 시작한 후에야 라오스에 오게 된 까닭을 새삼 발견하는 일들이 버릇처럼 반복되었다.

프롤로그를 쓰고 있는 지금, 바다로부터 겨울바람이 불어오고 나는 또다시 라오스 북부 지역으로 가는 여행을 앞두고 있다. 왜 자꾸만 그곳에 가게 되는 걸까……. 이쯤 되면 말이나 글로

표현되어지는 이유들은, 말이나 글이 지어지는 그 순간에 이미
의미를 상실하고 있다고 해야겠다.

　라오스에는 있는 것보다 없는 것이 더 많았다.

　예컨대 캄보디아의 앙코르와트처럼 볼거리가 많은 것도 아니
고, 필리핀처럼 바다에 누워 휴양할 만한 곳도 못 된다. 그렇다고
베트남이나 태국처럼 해산물이 싸다거나 먹을거리가 넘치는 곳
도 아니었다. 그런데도 라오스로 여행을 가는 이들이 자꾸만 늘
어난다. 이미 2008년도에 〈뉴욕타임스〉는 라오스를 세계에서
꼭 가 봐야 할 첫 번째 나라로 꼽았다 하고, 최근에는 한국인을
대상으로 한 라오스 현지 여행사가 우후죽순처럼 생겨난다는 소
식이 들려온다.

　라오스는 살고 있는 그들에게나 여행하는 우리에게나 욕망할
것이 그리 많지 않은 사회다. 그저 누런 황톳빛 메콩 강이 흐르
고, 그 강에 기대어 함께 살아가는 사람들이 있고, 평생이 하루
같은 자연 그대로의 단순한 삶이 있을 뿐이다. 그에 비해 우리들
은 무수한 타인의 욕망들을 욕망하며 살아산다. 부모가 바라거
나 사회가 심어 준 욕망을 나의 욕망이라 착각하고, 매일 눈뜨고
잠들 때까지 끝도 없이 생성되는 소비의 욕망을 채우려고 반복되
는 경쟁의 트랙을 달린다. 그래서 어느 날 나의 욕망이 실은 나의

욕망이 아니라는 것과 자신의 욕망이 무엇인지 스스로도 알지 못한다는 것을 발견하는 순간, 우리들은 흔들린다.

아마 그래서일 것이다. 나와 같은 뭇 여행자들이 라오스에 끌렸던 것은 그곳에 특별한 무엇이 있어서가 아니라 오히려 아무것도 없기 때문이다. 언제나 빠르고 정확하며 효율적인 것을 선호하는 직선의 세상에서, 그 대척점에 서 있는 세상이 그리웠던 것일 테다. 속도와 효율성에 갇혀 버린 상상력에 또 하나의 날개를 달아주고 싶었는지도 모를 일이다. 우리도 그들처럼 누런 강과 황톳길을 따라 걷다 이제 그곳에선 쓸모없어진, 등에 지고 갔던 타인의 욕망들을 내려놓고 단순하고 솔직한 내 욕망 하나 건져 배낭 안에 오롯이 담아 오고 싶었던 것이다.

첫 라오스 여행은 아내와 내가 967일 동안의 긴 여행에서 집으로 돌아온 후, 4년 만의 외출이었다. 지구를 한 바퀴 돌며 967일간 길 위에서 만난 자유는 황홀했고, 여운은 길었다. 하지만 대가 또한 혹독했다. 한 번 궤도를 벗어났던 이들에게 세상은 그리 녹녹하거나 관대하지 않았다. 일단 내려선 세상의 속도는 쉽게 다시 올라탈 수 있는 성질의 것이 아니었다. 그렇다고 배낭을 메고 또다시 훌쩍 떠날 수는 없는 일이었다. 누구도 영원히 여행을 지속할 수는 없는 법이니까. 다만 우리는 세상의 안과 밖의 경계 어디쯤에서 흔들리며 그날그날을 살아내야 했다. 참 많은 일들이 강물처럼 우리를 흘러갔다. 아내가 1년쯤 아팠고, 책을 두 권 썼고, 이사를 세 번 했으며, 여행 월간지에서 얼마간 객원 기자로 글을 쓰다 서울을 떠났다. 고추농사를 배우고, 텔레비전을 없애고, 장날이면 읍내에 나가 목욕을 했다. 그러던 어느 봄날, 온탕의 열기 속에서 어린 날의 꿈 하나를 기억해냈다. 흔들리는 물속일지라도 뿌리를 내리고 싶었다. 그래서 수능시험을 준비했고, 그해 겨울 나이 마흔에 서울에서 제일 먼 땅 제주에서 교육대학에 입학했다. 강물처럼 시간도 그냥 흘러가지는 않아서, 강물이 강바닥에 자갈과 모래를 옮기고 수초를 키우고 저마다의 길을 내듯이 시간도 삶의 바닥에 흔적을 남겨놓았다. 그렇게 여행자에게도 다시 일상이 찾아오고 관계가 생겨났다.

생각해보면 날개 꺾인 여행자가 다시 길을 떠날 수 있게 해 준 것은 다름 아닌 일상이었다. 여행은 일상으로부터 멀리 떨어져 있지만, 한편으론 일상이 있기에 여행일 수 있는 것이다. 이 문장, 나의 첫 라오스 여행이 남겨준 선물이다.

그리고 두 번 더 라오스를 여행했다. 한 번은 '정소년여행학교'라는 이름으로 열세 명의 청소년들과 함께, 한 번은 또다시 아내와 둘이서 다녀왔다. 그때마다 여행자들은 놀라운 속도로 늘어났고, 그에 따라 라오스는 크고 작은 변화의 얼굴들을 보여주었다.

여행을 글로 옮기는 일은 늘 힘들면서도, 행복하다. 또 한 번의 여행을 하기 때문이다. 여행할 때도 글을 쓰면서도 라오스가 많이 고맙다. 갈 때마다 일상처럼 소소하고 요란하지 않은 얼굴로 맞아 주어 고맙고, 아내와 내가 세상과 길 사이에서 언제까지나 여행자로 살아갈 수 있는 용기를 주어 고맙다. 그리고 또다시 한 권의 책이 되어 준 것도 고맙다.

ROAD 2 _ 느릿느릿한 삶 속에 행복을 촘촘히 수놓는 사람들

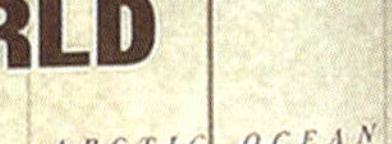

ROAD 3 _ 순수한 마음을 전하는 사람들

ROAD 4 _ 그들이 있기에 사랑스러운 라오스

ROAD 5 _ 그리고…… 다시 찾은 라오스

일러두기

이 책은 한글맞춤법의 외래어 표기법에 따라 지명과 인명을 표기했습니다. 그리고 표기법에 맞지 않더라도 이미 우리나라 사람들 사이에서 굳어진 말은 그대로 표기했습니다.

떠난 이유를
알게 해 준 사람들

이런 한국사람 처음이라고요?

그러니까, 운이 형 때문이었다. 라오스로 가는 길은 여럿이었고, 그중에서도 방콕을 경유해서 입국하는 길이 더 일반적이었다. 그럼에도 호찌민Ho Chi Minh을 거쳐 가는 길을 택한 것은 순전히 운이 형이 보고 싶어서였다.

"어서들 오세요. 좀…… 덥지?"

후배들을 쑥스러운 듯 반가운 듯 맞이하는 그의 인사법은 여전하다. 일곱 해 전 캄보디아에서 만났을 때도 그랬다. 당시 그는 그곳 한국대사관에서 일하고 있었고, 아내와 나는 중국과 베트남을 지나 막 세계 일주의 장도에 올랐을 때였다. 그와 새벽이 오도록 김광석의 노래를 듣고는 부연 길거리로 나섰던 기억, 아침

거리에서 포베트남 쌀국수 한 그릇에 함께 속을 풀던 일들이 다 새롭게 떠올랐다.

"좀 더운 정도가 아닌데요."

호찌민 공항은 어쩌자고 입국장을 나서자마자 곧바로 실외였다. 마중하거나 배웅하러 온 사람들로 넘치도록 북적였으며, '훅' 하고 덮치는 특유의 덥고 습한 공기는 지금 막 도착한 이방인을 삶아 먹을 기세였다. 운이 형은 곧바로 택시를 잡아탔다.

"차는 여태 안 샀어. 베트남 정부가 차량 소유에 엄청난 세금을 매기거든. 그 돈으로 도시를 정비하고 있는 셈인데, 어때? 많이 변했지?"

딱 잡아 무엇이 변했는지는 알 수 없으나, 도로에 굴러다니는 차량은 확실히 많아 보였다. 아, 그리고 또 하나, 오토바이 운전자들이 안전모를 쓰고 있었다. 안전모는 물론이고 건널목도, 신호등도, 심지어 중앙선까지도 무용지물이던 베트남의 오토바이 문화에 어떤 변화가 생긴 모양이다.

그가 물어보았다.

"우리 얼마 만인가? 두 사람 그대로인 것 같아."

7년 만이었다. 짧지 않은 시간이다. 그사이에 운이 형은 캄보디아 주재 대한민국 대사관 일을 그만두었고, 딸이 셋으로 늘어났고, 형수의 고향 마을인 차우독에서 호찌민으로 이사했다. 아

내와 나는 형과 만났던 캄보디아를 떠나 3년 가까이 세상을 돌아다녔다. 집에 돌아와서도 서울을 떠나 괴산으로, 그리고 다시 제주로 옮겨 다니는 동안 4년이라는 시간이 더 흘렀다. 내 생애 가장 달콤하면서도 고단했던 시간들이었다.

"형은 좋아진 것 같아요."

그 당시 형은 대사관 일로 캄보디아에, 형수와 큰 딸은 베트남 고향에 있으면서 주말마다 그가 메콩 강을 따라 국경을 넘나들었다. 지금 그가 편안해 보이는 것은 아마도 가족과 함께 있기 때문일 것이다. 이번에는 내가 물어보았다.

"대사관 일은 왜 그만뒀어요?"

"나라와 사회를 위해 10년 넘게 봉사했으면 됐지. 나 이제 슬슬 살란다."

택시가 팜응라오 거리에 섰다. 운이 형은 우리 부부를 배려해 미리 배낭족 거리에다 호텔을 예약해 둔 모양이었다.

"아무래도 호텔이 편할 것 같아서. 저녁에 집에서 보자."

그는 내 손에 택시비까지 쥐여주고는 학교 수업을 마치는 딸을 데리러 갔다. 그를 보내고 아내와 둘이 거리를 걸었다. 7년 전 그날, 오토바이를 빌려 탔던 가게가 그대로 있다. 그 옆 커피가 맛있었던 집도. 그리고 우리가 묵었던 게스트하우스……가 여기 어디쯤이었는데, 없어졌는지 보이지 않았다. 늘 기억을 더듬어

걷는 길은 즐겁다. 변하지 않은 것이 더 많은 것 같아 더 그렇다.

그때였다. 난데없이 비가 쏟아지기 시작했다. 스콜. 두두두두. 예전에도 지금도 소리가 참 좋다. 바로 옆 사람과 대화하기 위해서도 소리를 질러야 하고, 소리를 지르다 보면 알게 모르게 싱싱한 기운이 생겨난다. 스콜이 내릴 때면 텅 비어 버리는 거리도 좋다. 바쁘게 오가는 사람도 없고, 비를 탓하며 안달하는 사람도 없다. 그러고 보니 스콜도 변하지 않았고, 스콜을 좋아하는 내 마음도 변하지 않았다.

저녁에 운이 형 집으로 가기 위해 시내버스를 탔다. 택시를 타라는 그의 당부에 그러겠다고는 했지만, 여행자의 취향은 그리 쉽게 변하지 않는다. 우린 아직 트렁크보다는 배낭이 좋고, 쇼핑센터보다는 시장이 좋고, 택시보다는 버스가 좋다.

예컨대 버스를 잡아타는 일부터가 그렇다. 그날도 물어물어 정류장을 찾아갔더니 마침 시내버스 종점이어서 여러 종류의 버스들이 들어오고 나갔다. 복잡한 것은 둘째치고, 버스 앞에 행선지라고 붙여 놓은 베트남 문자는 아내와 내겐 읽기조차 어려운 암호문일 따름이다. 당연히 여행자 부부는 당황할 터. 하지만 곧 정류장 주변에 일고 있는 작은 공기의 파문을 감지하고선 미소를 짓는다. 사람들은 무심한 양 시선을 거두고 있지만 실은 이 방인이 등장한 순간부터 그 움직임 하나하나를 감지하고 있었던 것이다. 한쪽 팔로 아기를 안고 있는 아기 엄마에게 다가갔다. 우리가 가고자 하는 목적지를 또렷하고 느리게, 즉 주변 사람들이 다 들을 수 있도록, 반복하며 여러 번호의 버스들을 번갈아 손가락으로 가리킨다. 그때부터 아기 엄마, 군것질거리를 파는 장사꾼 아낙, 그 아낙으로부터 단것 몇 개를 사려던 할아버지, 그 옆에서 가방을 든 남학생까지 긴급 토론이 벌어진다. 그러더니 순간 아기 엄마가 다급하게 소리치며 손가락으로 버스 한 대를 가리키고 사람들은 버스를 향해 소리를 지른다.

"스톱! 스톱!"

우리가 타야 할 버스가 막 출발하려던 참이었던 것이다. 상황이 이러하니, 앞으로도 오랫동안 우리 부부가 버스 대신 택시를 타는 일은 흔치 않을 것 같다.

버스는 도심을 지나 남쪽으로 달렸다. 안내양이 표를 끊어 주었고, 엄마 품에 안긴 아기가 나를 보고는 울음을 터트렸다. 낯이 익다 했더니, 버스에 달린 텔레비전 화면에서는 가수 이효리의 뮤직비디오가 나오고 있었다. 강을 건너자 도심 외곽으로 빠지는 도로가 이어졌다. 얼마나 달렸을까. 도로가 넓어지는가 싶더니, 신도시가 등장했다. 딴 세상 같았다. 백화점과 쇼핑센터가 보이고 아파트 단지가 나타났다. 그리고 롯데마트가 보였다. 정면의 대형 광고판에는 엄정화 주연의 영화 〈베스트셀러〉가 걸려 있었다. 창밖으로 펼쳐진 너무나 친숙하고, 그래서 더 낯선 풍경을 보고 있던 아내가 중얼거린다.

"있잖아, 왜 신도시는 모두 강남일까?"

그러고 보니 우리가 다녀본 나라 가운데 어느 나라고 강남이 아닌 지역에 신도시를 세운 곳이 거의 없었다. 무슨 특별한 이유라도 있는 걸까? 부동산학에 문외한인 나로서는 알 수 없는 일이지만, 베트남의 변화 속도가 무척 빠르다는 것은 분명해 보였다. 운이 형 설명으로는 물가가 어느새 한국의 70퍼센트에 육박했으며, 국제적인 금융그룹이나 기업들이 다 들어섰고, 쇼핑센터들이 우후죽순 생겨나면서 사람들의 소비문화까지도 변화하고 있다고 했다. 더불어, 한때 베트남의 상징이었던 시클로_{동남아시에서 쓰는 인력 또는 모터로 가는 3륜차}는 이제 정부의 허가를 받아야 하는 관광 상품으로만 존재할 뿐이라는 것이다.

시간이 흐르는 한 변화야 당연한 일이지만, 다만 안타까운 것은 세계의 모든 도시가 비슷해지고 있다는 사실이다. 유행하는 스타일의 동일한 옷을 입고 똑같이 생긴 아파트에 살며 똑같은 이름의 극장에서 똑같은 영화를 보고 똑같은 음악을 듣는다. 머지않아 똑같은 언어를 쓰고 똑같은 눈과 코를 하고서는 서로를 보며 웃고 있을지도 모르겠다.

운이 형의 집도 아파트였다. 한국인들과 일본인들이 많이 사

는 동네라고 했다. 그래서인지 한국어 간판이 걸린 식당, 비디오 대여점, 미용실 등이 어렵지 않게 눈에 띄었다.

형수는 온갖 열대과일을 꺼내 놓았다. 곧 새우며 바닷게며 해산물 요리로 한 상이 차려졌다. 해산물은 신선했고, 베트남 특유의 향신료도 마음에 들었다. 형수는 베트남 여인 특유의 작고 여린 몸매임에도 강인한 느낌을 주는 사람이었다. 그런 그녀는 가만히 앉아서 우리 부부가 먹는 모습을 지켜만 보더니, 형에게 소곤거린다. 혹시 우리가 베트남만의 특별한 식사 예절을 어긴 것은 아닐까? 눈을 동그랗게 뜬 우리에게 운이 형이 웃고 만다.

"야, 이렇게 베트남 음식을 잘 먹는 한국 사람은 처음이란다. 남편인 나까지 포함해서."

식사를 마치자 아직 초등학생인 큰딸이 선물이라고 책갈피를 내놓았다. 아빠의 나라에서 손님이 온다고 미리 준비해 둔 모양이었다. 대나무살로 만들어진 책갈피에는 보름달 아래 아오자이_{베트남 여성들이 입는 전통 옷}를 입은 여인 둘이 밤길을 거닐고 있다. 우린 사들고 간 제주 돌하르방 초콜릿과 우리가 쓴 책을 선물했다. 딸보다 형과 형수가 더 좋아했다.

확실히 형은 좋아 보였다. 캄보디아에서 그는 어쩐지 쓸쓸해보였고 시대에 빚진 사람처럼 미안해했다. 그러나 지금, 그는 짐 하나를 내려놓은 사람처럼 편안해 보인다. 그때 우리는 일상이 미웠고 낯선 세상과 자유에 들떠 있었다. 지금은 일상도 여행도 고맙다.

호찌민에서의 마지막 날, 운이 형과 함께 국립미술관에 갔다. 의외인 것은 관람자가 우리 세 사람뿐인 것이고, 놀라운 것은 대부분 작품들의 소재가 전쟁이라는 것이다. 특히 1층에서는 중견화가 '장 펑'의 특별전이 열리고 있었는데, 그의 그림 속 베트남은 여전히 전쟁 중이었다. 게릴라들이 무기를 만들거나 농사를 짓고, 지도자 호찌민은 야전에 앉아 편지를 쓰고, 여전사들은 붉은 저녁놀 아래에서 목욕을 하고, 어린 게릴라들은 죽창 부비트

랩을 만들고 있었다.

이들에겐 지독하게 아프고 많이 자랑스러운 역사임에 틀림없을 것이다. 그런데 나는 그림들의 제작 연대가 1960년대나 1970~80년대만이 아니라는 점에 더욱 놀랐다. 2000년대 초반은 물론이고 심지어 2009년에 그린 그림도 있었다. 일반 종이에 스케치로만 그렸던 그림들이 대형캔버스에 유화로 옮겨졌다는 것만 다를 뿐이었다. 즉, 화가 장 펑의 그림은 호찌민과 함께했던 그 시절부터 지금까지 정글과 베트남 전쟁 안에 머물러 있는 것이다. 어쩐지 애처로웠다. 그의 삶까지도 전쟁에 갇혀 있다는 생각이 들어서다.

미술관에서 나오는 길에 운 좋게도 화가 장 펑을 만났다. 안내 책자에 사인을 받고 함께 그의 작품 앞에서 사진도 찍었다. 운이 형은 무엇이든 물어보면 통역해 줄 태세였지만, 그만두었다. 오랜 세월 한 가지만을 지켜 온 그의 얼굴엔 낡은 훈장처럼 피로가 묻어났다.

대신 미술관 뒤편에 들어선 블루 스카이 갤러리로 발걸음을 옮겼다. 그곳 그림들은 국립미술관과는 완전히 대조적이었다. 전후세대들의 그림이었는데, 우선 색감이 완전히 달랐다. 화려한 원색들이 강렬한 대비를 이루고 있었다. 소재도 다양해서 들판의 농부와 물소, 관능적인 베트남 여인, 꽃잎이 지는 거리 등을 자유롭게 표현했다. 그리고 무엇보다도 밝았다. 가볍고 들떠 있으며 희망적이었다. 국립미술관의 그림들이 기억을 말하고자 한다면, 이곳 갤러리의 그림들은 기억을 떨쳐내고자 하는 것처럼 보였다. 변화하지 말아야 하는 것과 변해야 하는 것, 그사이에 놓인 베트남의 오늘을 본 것 같았다.

나의 현주소도 마찬가지인지도 모르겠다.

밥을 함께 먹는다는 것은

꼰뚬Kon tum으로 가는 길이었다. 꼰뚬은 라오스 국경으로 향하는 베트남의 마지막 도시다. 호찌민 동부버스터미널을 출발한 야간버스는 네 시간째 달리고 있고, 꼰뚬까지는 아직 열 시간이나 남았다. 호찌민에서 떠날 때 운이 형은 집 나서는 동생 대하듯 여비까지 챙겨 주며 무심한 듯이 말했었다.

"또 와."

언제 또 올 수 있을까……. 그래도

"네, 또 올게요."

그렇게 말해 놓고 보니 이상하게 또 오게 될 것 같았다. 형과 함께 보낸 호찌민에서의 시간이 차창 밖으로 흘러가고 있었다.

버스가 멈췄다. 날은 어두웠고, 어느 식당 앞이었다. 사 들고 탄 빵이며 요구르트며 과일 등을 먹은 상태라 식사할 생각이 없었다. 잠깐 스트레칭이라도 하려고 내렸더니 차장이 싫다는데도 자꾸만 식사를 권하며 식당 안으로 이끌었다. 식탁은 테이블당 여섯 명씩 버스 승객 숫자만큼 음식이 차려져 있는 상태였다. 차비에 포함된 모양이었다. 그래도 생각이 없어 손을 저어 보지만 함께 탄 승객들까지 붙잡는 통에 결국 좌석에 앉고 만다. 괜히 현지 음식을 경계하고 업신여기는 걸로 보일 수도 있겠다 싶어서다.

밥상에는 생선구이와 채소볶음 같은 요리들이 네댓 가지 놓여 있었고, 밥과 국은 큰 사발에 담겨 있었다. 성화에 못 이겨 밥과 국을 조금만 달라고 했는데…… 음, 이건……, 맛있다. 국에는 오크라가 들었는데, 정말 맛있었다. 몇 시간째 버스 안에서 흔들리며 달려온 내 위장을 위로하는 것처럼 포근하고 달착지근한 맛이었다. 나는 오크라의 베트남 이름이 알고 싶어 젓가락으로 건져 올리며 물어보았다.

"따옥."

무엇이 재미있는지, 지켜보넌 옆 테이블 사람들까지 합세해 합창을 했다. 따~옥! 아내와 나도, "따~옥" 하고 따라해 보니 이름이 참 예쁘다. 오크라는 이집트 주변의 아프리카 북동부가 원산지인 아욱과의 채소다. 미국에서 지내다 온 친구에게서 씨를 구

해 우리 집 텃밭에서도 길러 보았는데 열매가 오이고추만큼 크게 자라고 모양은 꽈리고추를 닮았다. 어린 열매로는 국을 끓이고 큰 열매로는 술을 담는다고 했다.

그런데 어쩌자고 국뿐만이 아니라 생선구이도 맛있었다. 결국 밥을 한 그릇 더 퍼 달라고 했더니, 이제 사람들이 재미있어 죽겠다고 웃어 댄다. 앞자리에 앉은 아저씨는 어느새 튀긴 닭고기를 내 밥그릇에 얹어 놓았다. 그리고 옆자리에 앉은 아가씨는 몰래 웃느라고 밥도 제대로 못 먹고 있다. 배가 부르다던 아내도 결국 젓가락을 들었다. 참 좋다. 여럿이 한 밥상에 앉아 밥을 먹는다는 것은.

장난기가 발동했다. 내게 닭고기를 얹어 준 아저씨에게 날 고추를 먹어 보라고 권했다. 베트남 고추는 작고 마르고 강인한 베트남인들을 닮아서인지 정말 작고 맵다. 그런 고추가 식당에 가면 모든 테이블에 항상 놓여 있다. 아저씨는 고개를 흔들었다. 그들에게도 매운 건 매운 모양이다. 나는 작은 고추 하나를 그가 내게 그랬던 것처럼 그의 밥그릇에 얹어 주었다. 그는 할 수 없이 그 매운 고추를 씹고는 인상을 썼고, 주위 사람들은 또 웃어 댔다.

때로는 언어가 통하지 않는 이국인과 함께 있을 때가 더 편안할 때가 있다. 언어에 매이지 않고 이해하고, 언어로 포장하지 않고 마음을 전달할 수 있기 때문일 것이다. '어떻게 표현할까, 어떻

게 이해할까.' 염려하지 않아도 상관없으니 좋다. 오히려 청각에 갇혀 있던 언어가 다양한 감각으로 살아남을 느낀다. 상대방의 눈빛과 손짓과 얼굴 주름살의 움직임까지 놓치지 않으려고 뻔뜩이고 있는 나의 감성을 발견하게 되는 일도 즐겁다.

식사를 마치고 마당에서 식당집 아이와 놀고 있는데, 매운 고추를 먹었던 아저씨가 우리를 부르러 왔다. 버스가 출발할 시간이었다. 한 끼 밥을 함께 먹었다고 이방인 부부를 챙겨 주러 온 것이다. 밥을 함께 먹는다는 것은 세계 어디든 사람 관계에 또 다른 의미를 더해 주는 모양이다.

눈을 뜨자 날이 밝고 있었다. 아름다웠다. 붉은 기운이 도로 위에 남았다. 쁠래이꾸Pleiku. 큰 도시였다. 밤새 달려온 산길 끝에서 이런 큰 도시를 만날 때면 인간이란 존재가 놀라우면서도 두렵다. 달리는 사람, 배드민턴을 치는 사람, 도로를 따라 걷는 사람, 이른 아침의 도시가 분주하다. 쁠래이꾸에서 꼰뚬까지의 길이 독특했다. 직선으로 뻗은 길 양편으로 집들이 띄엄띄엄 이어지는데, 마을이 형성되고서 길이 생겨난 것이 아니

라 길을 주욱 한 줄로 닦아 놓고 집들을 지어 살게 한 것처럼 보였다. 새벽의 뿌연 안개가 참 잘 어울리는 길이었다. 라오스로 넘어가는 국경길이어서일까, 안개 사이로 트럭들이 자주 나타났다.

꼰뚬 시티에 내린 사람은 우리 부부 둘뿐이었다. 한 끼 밥상을 마주했던 사람들이 창문을 사이에 두고 서로 손을 흔들었다. 비로소 여행이 시작되고 있는 느낌이었다.

단순해지기 그리고 두려워 말기

오토바이를 빌려 타고 꼰뚬 시티 외곽으로 나갔다. 곧 포장도로가 끝나고 흙길이 이어졌다. 무너진 나무다리 아래로 오토바이를 몰아 작은 개울도 지났다. 소달구지 한 대가 앞서 달리는가 싶더니 시골 마을이 나타났다.

마을 초입에 오토바이를 세웠다. 마을길을 걷기 시작하자 꼬마들이 따라붙는다. 늘 그렇듯 마을에서 평소와 다른 낯설거나 수상한 기운을 제일 먼저 알아채는 것은 꼬마들이다. 한발 앞서 까불거리며 걷던 꼬마 하나가 어느 집 마당으로 뛰어들었다. 마당에는 네댓 명의 식구들이 식사 준비를 하고 있다. 웃통을 드러낸 남자 두 명이 불쏘시개로 막 불을 지피고, 여인들은 음식과

그릇을 나르고 있다. 자신의 집인 모양인지 꼬마가 엄마 품에 뛰어들었다. 꼬마가 '한꿔한국인' 어쩌고저쩌고 하는 것 같더니, 사람들이 여행자부부에게 인사를 건넨다.

"짜오!"

여행자도 반갑게 손을 들어 인사하고 슬그머니 마당으로 들어
선다. 싱긋 웃으며 불쏘시개를 몇 개 주워 주고는 꼬마의 손을 잡
고 집 구경에 나섰다. 집 안에는 간이침대 하나와 해먹이 걸렸고
텔레비전이 놓여 있었다. 간소한 느낌이다. 집 밖 외벽은 길 앞쪽
으로만 페인트칠을 했고 뒤쪽은 그대로 두어 벽돌이 드러났다.
그리고 뒷마당에는 텃밭이 있고, 오솔길이 이웃집으로 이어진
다. 그중에는 흙집도 있어 가까이에서 보려고 다가섰더니 낮잠을
주무시던 어르신이 깜짝 놀라서 깨셨다. 내가 미안해서 어쩔 줄
몰라 하는 사이에 쫓아온 꼬마들은 까르르르 재미있다고 넘어
간다.

꼬마들 덕분에 마을 구경을 잘하고 다시 오토바이에 올랐다.
그런데, 어, 시동이 걸리지 않는다. 무슨 일이지? 몇 번이나 반복
했으나 헛수고였다. 시동은 걸릴 것 같다가도 푸르르 하면서 이
내 꺼지고 말았다. 한낮의 뜨거운 태양은 내리쪼이고, 오토바이
는 말을 듣지 않고 땀은 비 오듯 흘렀다. 그때였다. 공터 운동장
에서 축구를 하고 있던 10대들이 몰려왔다. 그중에서 덩치가 큰
친구 하나가 오토바이에 올라 시동을 걸어 본다. 그러더니, 연료
탱크를 열어 손가락을 집어넣었다. 그러곤 웃으며 나를 본다.

"노, 가솔린!"

연료 계기판이 고장 난 것이다. 오토바이를 빌릴 때 주인이 가솔린이 어쩌고 해서 반납할 때 채워 달라는 말인 줄 알았는데, 계기판이 고장 났다는 뜻이었던 모양이다.

16년 전 그날도 그랬다. 아내와 난 신혼여행으로 배낭을 메고 태국을 여행했었는데, 방콕을 거쳐 푸켓섬에 머물 때였다. 하루는 오토바이를 빌려 서쪽 제일 끝까지 달렸다. 붉은 석양을 보고 돌아오던 길, 당황스럽게도 오토바이 시동이 걸리지 않았다. 그날도 지금처럼 몇 번이고 시도했으나 소용이 없었다. 때마침 비가 내리고 날이 점차 어두워지자 여행에 서툴던 우리 두 사람은 무섭고 불안하기 시작했다. 그때 오토바이 한 대가 멈췄다. 현지인 두 사람이 타고 있었는데 데이트를 나온 연인이었다. 당시의 나와 나이가 비슷해 보였던 남자는 빨대를 연료통에 꽂아 빨아 보고는 금방 연료 계기판이 고장 났음을 알아냈다. 그러고는 오토바이를 타고 어디론가 사라졌다. 10분 후, 그가 나타났을 땐 그의 손에는 1리터들이 콜라병이 들려 있었다. 콜라병에 콜라 대신 가솔린으로 채워져 있었음은 물론이다.

그날 우리 부부가 그들에게 연료비를 줬는지, 아니면 그들이 받지 않아 돌아오는 길에 함께 콜라를 사서 마셨는지 잘 기억이 나지 않는다. 하지만 분명한 것은 첫 배낭여행이었던 그날 이후 우리 부부가 여행을 대하는 태도 하나가 정해졌다는 사실이다.

잘 몰라도, 낯설어도, 또는 기차를 놓치거나 오토바이가 고장 나고 복잡한 도시에서 길을 잃어도 두려워 말기. 세상은 다행히 시인과 나그네에게 관대하고, 길 위에서의 어려움은 새로운 만남으로 이어지기 마련이다. 그러므로 두려움 대신 여행에서 나에게 필요한 것은 계산하지 않고 단순해지기, 오직 그것이었다.

덩치 큰 친구는 이름이 '멋'이라고 했다. 그는 자신의 오토바이에 올라타라고 했다. 가솔린을 사러 가자는 뜻이리라. 함께 동네 끝에 있는 구멍가게로 가서 가솔린 1리터를 샀다. 돌아와 보니 아이들이 우리 오토바이를 호위하듯 둘러싸고 있다. 연료를 채우고 오토바이에 시동이 걸리자, 아이들이 자기 일인 양 환호를 했다. 고마운 10대들과 악수를 하고 하이파이프를 나누었다.

강을 따라 좀 더 깊이 들어가 보기로 했다. 길은 끊어질 듯 끊어질 듯 30분째 이어졌다. 집들이 간혹 보이더니 길이 끝나는 곳에 제법 큰 마을이 나타났다. 통나무로 높게 세운 이 지방 전통 건축양식의 마을회관이 있고, 그 맞은편에 뜻밖에도 새로 세운 교회건물이 있었다. 역시 꼬마들이 제일 먼저 달려왔다. 그들과 함께 마을을 돌아다녔다. 다닥다닥 붙은 집들의 마당마다 소가 누웠고 울타리엔 빨래가 널렸다. 한 집 마루에는 동네 청년들이 모여 텔레비전을 보고 있었다. 그 사이로 난 길을 따라 들어가니 우물이 있는데 이번에는 동네 처녀들이 모여 물을 긷는지, 목욕

을 하는지, 수다를 떠는지, 깔깔깔 웃음소리가 물소리보다 높았
다. 그리고 강가가 나왔다. 저 멀리 모래가 움푹 파인 곳에 동네
아이들이 작게 둘러앉았다. 경험상, 어른들이 싫어하거나 하지
말라는 짓을 할 때에 나타나는 '모임 대형'이었다.

"저 녀석들 술 마시는 거 아냐?"

농담처럼 아내에게 한 말이다. 그런데 정답이었다. 10대 아이
들 열댓 명이 둘러앉았는데, 얼른 보기에 열 살도 안 되어 보이는
꼬마도 있었다. 녀석들은 새우깡처럼 생긴 과자 몇 봉지를 모래
바닥에 뜯어 놓고 플라스틱 젤리 통을 술잔 삼아 베트남 소주를
마셨다. '머리에 피도 안 마른' 녀석들이 그래도 여행자에게도 술
잔을 권할 줄도 알았다.

무척 사람이 많은 마을이었다. 좋아 보였다. 꼬마들끼리, 청년
들끼리, 처녀들끼리, 10대들끼리, 또래들의 놀이와 웃음소리가
멈추질 않았다. 추억하건대, 나의 어린 시절도 그랬다. 날이 저
물도록 뛰어놀고도 저녁 밥상을 물리기 바쁘게 뛰쳐나가 가로등
달린 전봇대 앞에서,

"꼭꼭 숨어라 머리카락 보인다."

라고 소리치며 숨바꼭질을 했었다. 가끔 부모님 성화에 동생
을 데리러 나온 큰 누이들의 치마 밑에 숨어 술래를 따돌리고,
장독대 뒤에 숨었다가 잠이 들었던 기억들…….

마을을 빠져나오며 이제 캠프를 열어야 모이고 프로그램을 만들어야 놀 수 있는 대한민국의 아이들이 떠오른 것은 비단 우리 부부가 아니라도 마찬가지였을 것 같다.

씨클로

23X367A.
돋보기안경을 쓴 할아버지의 일곱 자
리 번호판이 선명하다. 그리고 내 머
릿속 질문 하나.
바이크 속도로 어지러운 이곳에서
할아버지는 얼마나 오랫동안 손님을
기다렸을까.
사라져가는 씨클로가 어쩐지 베트남
의 영혼 같다.

Búa rìu dư luận bổ vào Israel
3X367A

해 질 녘 강가에 가면 알게 될 거야

드디어 라오스에 도착한 첫날이었다. 아따뿌Attapeu라는 라오스 남부의 작은 마을. 국경을 넘어 하루 온종일을 달려 버스에서 내렸을 때, 난 이곳이 아프리카의 어느 마을인 줄 알았다. 붉은 흙과 키 큰 나무, 파란 하늘과 뭉게뭉게 흰 구름. 결정적으로 턱 하고 숨이 막힐 것같이 뜨거운 대기와 이마를 쪼갤 것처럼 내리꽂히는 태양 광선까지. 아니, 정말이지 아프리카에서도 이 정도는 아니었던 듯싶다. 100미터, 숙소를 찾느라 단 100미터를 걷는 사이 윗옷이 땀으로 흠뻑 젖어 버렸다.

그런데 정작 문제는 그곳에 있어야 할 숙소가 없다는 것이었다.

"이런 더위라면 게스트하우스가 증발했을지도 모를 일이지."

아내의 투덜거림처럼 건물이 하늘로 증발했는지, 가이드북의 지도가 업그레이드되지 않은 것인지 알 수 없었으나, 그 사실을 밝히는 것보다 더 급한 일은 숙소를 구하는 일이었다. 그리 크지도 않은 마을을 돌고 돌며 헤매는 사이 땀은 비 오듯 흐르고 목이 말라 길가 식품점 냉장고 안의 음료수를 헉헉거리며 빤히 쳐다보지만, 이제 막 국경을 넘어온 여행자 주머니에 이 나라 돈이 땡전 한 푼 있을 리 없다. 지갑에서 잠자고 있는 미국 달러는 환전소에 가서 바꾸기 전까진 아직 돈이 아닌 셈이니까.

마침내 한낮의 땡볕을 뚫고 도착한 게스트하우스, 등짝에 쩍 달라붙은 무거운 배낭을 내려놓는데, 휴, 에어컨이 없단다. 일단 샤워부터 해보지만 아침부터 달궈진 물탱크에서 나오는 물이 뜨겁지 않은 것을 다행이라 해야 할 지경이다.

그리하여 여행자는 라오스에서의 첫 감상을 일기장에 이렇게 남겨놓았다.

'우린 왜 라오스로 왔을까?'

남들은 좋다며 우리 부부가 사는 제주도로 몰려드는데, 성수기라고 항공권도 구하기 힘든 이 시기에 텃밭에 고추며 상추며 토마토며 참외며 수박이며 온갖 여름 채소와 과일이 한창 영글어 가는 그 한적하고 좋은 우리 집을 두고 왜 이토록 먼 곳까지 떠나왔을까? 그것도 지중해나 남태평양의 어느 섬이라든가 시베

리아나 북극의 도시처럼 생각만 해도 시원한 곳들도 많고 많은데, 바다 한 조각도 차지하지 못한 인도차이나 반도 중앙에 위치한 이 열대의 나라에 온 이유가 도대체 뭐란 말인가!

오후의 햇살이 휘청거릴 즈음, 용기를 내어 다시 거리로 나섰다. 마을 사람들은 다 어디로 갔을까. 열기가 채 가시지 않은 거리엔 개미새끼 한 마리 볼 수 없다. 게스트하우스 마당에 해먹을 걸쳐 놓고 잠이 든 매니저 소년처럼 마을 사람 모두가 아직도 길고 긴 낮잠에 빠져있는 것일까.

사원을 찾아 들어갔다. 라오스엔 마을이 크든 작든 그 중심부

엔 반드시 사원이 있다고 가이드북은 소개하고 있다. 정말 터무니없이 예쁜 사원이 마을 한가운데 자리 잡았다. 다들 어딜 가 있나 했던 동네 꼬마들이 모두 그곳에 모였다. 마침 기도 시간인 모양이었다. 까까머리를 하고 주황색 승복을 걸친 꼬마 스님들이 법당에 줄을 맞춰 앉아 있다. 난데없이 나타난 여행자를 살피느라 뒷줄에 앉은 몇몇은 실눈을 뜨고 기웃거리는 모양이 귀엽다.

그리고 약간의 술렁임. 젊은 스님이 다가온다. 쯧쯧. 수행이 부족한 녀석들 같으니라고. 탁. 어깨를 내리치는 죽비소리……대신에 스님은 여행자에게 다가와 살갑게 이야기를 붙인다. '썸

머스쿨'이란다. 그러니까, 교회로 치자면 여름성경학교 같은 거다. 그리고 자신은 스님이 될 건 아니라고 묻지도 않은 설명을 덧붙인다. 다만 라오스의 남자라면 모두가 1년 이상 스님이 되어 보아야 하는 거라고. 내년엔 수도 비엔티안Vientiane에 가서 컴퓨터 소프트웨어 쪽을 공부하고 싶단다. 젊은 스님은 더 이야기를 나누고 싶은 눈치였지만, 우린 자리를 털고 일어났다. 꼬마 스님들의 여름 수행에 별로 도움이 안 될 것 같았으므로.

이번엔 강물을 향해 길을 잡았다. 해가 완전히 기울었지만 더위는 전혀 꺾이지 않았다. 가는 길에 처음으로 우리 부부 말고 또 다른 여행자 한 명을 만났다. 노랗게 말린 긴 수염과 머리카락. 이스라엘 쪽 여행자일까……. 그 역시 지친 얼굴로 노천카페에 앉아 얼음 커피를 마시고 있다. 쳐다보며 눈웃음 짓는 것이 꼭, 이 더운 날에 넌 왜 이 나라까지 흘러왔니, 라고 묻는 것 같다. 그럼 넌? 나도 그를 향해 싱긋 웃어 보인다.

골목길이 강가로 접어들었다. 그 순간이었다. 그곳에 라오스 여행에서 내가 잊을 수 없는 풍경 하나가 펼쳐졌다. 그때 난 이 더운 여름날에 열대의 나라 리오스까지 오게 된 한 가지 이유를 알게 되었다.

황톳빛 강물이 흘렀다. 강 저편에선 하루 종일 여행자를 괴롭혔던 태양이 붉게 넘어가고 있었다. 그런데 그곳 강물에다 나룻

배를 씻으며 몸을 담그고 있는 한 가족이 보였다. 아마도 배가 나온 남자가 아빠인 것 같았다. 그리고 남자아이 둘하고 여자아이 하나가 누런 강물에 멱을 감고 수영을 하며 까르르 숨이 넘어가라 놀고 있었다. 가끔씩 아이들을 돌아보는 아빠의 눈길이 부드러웠다. 아빠와 함께 매일 이 시간이면 강물에서 첨벙거릴 아이들의 웃음이 맑았다. 부러웠다. 뜨거운 태양 아래 하루를 보내고 느리고도 평화롭게 흘러가는 강물에 몸을 담구는 시간.

우린 매일 많은 일을 하고, 많은 사람들을 만나고, 또 많은 것들을 이루며 살고 있다고 생각하지만, 정작 삶에서 중요한 어떤 것을 하지 못하고 있는 건 아닐까……. 어쩌면 여행이란 그런 것 같다. 우연히 찾아든 사원에서, 골목길에서, 강가에서, 이곳까지 떠나온 이유를 한 가지씩 알아 가는 것.

숙소로 돌아오는 길에서 또 하나의 이유를 만났다. 망고다. 내가 좋아하는 과일, 망고가 있었다. 그의 친구, 망고스틴 역시도. 그날 열대의 나라에서 열대 과일을 발견한 것이 무슨 대단한 발견이라도 되는 양 호들갑을 떨어 대던 우리 부부를 보았다면, 고국의 친구들은 얼마나 배를 삽고 웃었을까.

길 위에서 여행자가 행복할 때

버스가 없다고 했다. 아따뿌에서 하룻밤을 보내고 팍세Fakse까지 이동하던 날 아침이었다. 그렇다고 이 작은 마을에 택시가 있을 리도 없다. 보통 때라면 '툭툭'이라 부르는, 털털거리며 동남아시아의 골목골목을 누비는 3륜 오토바이 택시 하나 정도는 대기하고 있었겠지만, 지금같이 여행자가 드문 시기에는 기대하기 힘든 상황이었다. 터미널까지는 족히 4킬로미터가 넘는 거리. 섭씨 40도에 육박하는 이 더위 속에서 걷는다면 아마도 한 시간을 훌쩍 넘어설 것이고, 여행자는 삼복더위의 강아지마냥 축 늘어질 것이 분명했다.

"저기요……. 무슨 좋은 방법이 없을까요?"

이마에 송골송골 솟아난 땀도 닦아 보고 바삭바삭 마른 혓바닥도 내보이며 내 딴에는 연민을 유발시키고자 갖은 엄살을 부려 보지만, 소용없다. 게스트하우스 앞에 할 일 없이 세워져 있는 오토

바이든, 길 건너 식당을 가만히 지키고 선 4륜구동 승용차든, 만약 태워만 주신다면 그 은혜를 두고두고 잊지 않음은 물론이고, 비용도 아주 후하게 쳐 드리겠다고 사정해도 라오스 사람들에겐 통하지 않는다.

희한한 일이다. 돈으로 안 되는 일이 세상에는 물론 많겠지만, 그동안의 여행에서 이런 종류의 협상이 이루어지지 않는 건 참으로 드문 일이었다. 그냥 세워 둔 오토바이를 타고 잠깐 다녀오면 적지 않은 '부수입'이 생기는데도, 도무지 관심을 보이지 않는 사람들. 전날 숙소를 구할 때만 해도 그렇다. 방이 텅텅 비어 있으면서도 방 값을 깎아 주는 데가 없다. 뭐라고 할까. 그냥 오늘 팔 만큼만 팔고, 오늘 벌 만큼만 벌고, 오늘 먹을 만큼만 먹고 해먹에 누워 그저 하루의 시간을 흘려보내면 그만이라는 식이었다.

그리하여 걷기로 했다. 땡볕에 그대로 드러난 목덜미와 팔뚝이

타들어 가듯 뜨거웠다. 아주 가끔 경찰 오토바이와 돼지나 닭을 실은 트럭이 지나갔지만 누구도 멈추어주지 않았다. '여기 사람들도 걸어 다니는데 우리라고 뭐.' 하는 심정으로 내린 결정이 슬그머니 후회되기 시작할 무렵, 멀리서 툭툭 한 대가 나타났다. 어느 불쌍한 여행자 부부에 대한 소문을 주워들은 모양이다. 올라타자 곧바로 툭툭의 속도를 타고 바람이 불어왔다. 언제 더위에 짜증이 났었나싶게, 기분이 달라진다. 바람이 좋고, 바람의 속도와 함께 휙휙 뒤편으로 달아나는 집들과 황톳길과 나무와 구름들이 다 좋았다. 더불어 지금 길 위에 서 있는 나까지 그냥 좋아진다.

사실 여행자에게 이동하는 날은 그리 만만한 하루가 아니다. 잔뜩 풀어놓았던 짐들을 다시 꾸려야 하고, 대게는 도시 외곽에 있기 마련인 버스터미널이나 기차역까지 이동해야 하며, 적게는 몇 시간에서 많게는 하루 종일 흔들리는 버스나 기차에 몸을 실어야 한다. 이 과정에서 무거운 배낭을 싣고 내리기를 반복하며 차를 몇 번씩 갈아타다 보면, 목적지에 도착했을 즈음엔 세상 아무리 아름다운 곳이라 해도 일단은 침대 위에 쓰러지기 일쑤다.

그런데도 나는 이국의 한 도시에서 또 다른 어느 도시로 이동하는 걸 많이 좋아한다. 곧 가닿을 미지의 시공간에 대한 기대 때문이기도 하겠지만, 실은 금방 죽을 것 같다가도 바람 한줄기에 더없이 행복해하는 길 위에서 참 단순해지는 내가 좋아서다. 생각해보면, 그렇게 여행자는 길 위에서 내 안의 욕망에 충실해진다. 감추거나 더하거나 꾸미는 것 없이, 돈이나 속도 혹은 관습에 길들여지기 전 본래 내 안에 있었던 내가 좋아하는 것들에 대해 솔직해진다.

팍세행 버스는 한없이 느렸다. 출발하기에 앞서 운전기사가 기세 좋게 에어컨을 켤 때 아내와 나는 웬일인가 했었다. 아니나 다를까, 버스는 채 30분도 달리지 못하고 힘이 모자라 끌끌거렸다. 엉금엉금 오르막을 겨우 기어오르는가 싶더니, 결국에는 에어컨을 끄고도 제 속도를 내지 못했다. 하지만 느린 이유가 차량의 노후에만 있는 것이 아니었다. 도로가 비록 한 개 차선뿐이어도 생각보다 잘 뚫려 있었고 달리는 차량도 우리 버스 외엔 거의 만날 수 없었지만, 버스는 이상하게도 느렸다.

이유는, 시도 때도 없이 계속 멈추기 때문이었다. 우선 승객에게 '볼일'이 있으면 아무 곳이든 세우고, 길가에서 손을 흔드는 사람이 나타날 땐 남녀노소 불문하고 반드시 태우며, 양배추나 오이나 생강 등 도시로 배달하는 농산물들을 싣는다고 또 한참을 멈추어 선다. 그뿐이면 양호하다. 소나 염소들이 도로를 가로지르거나, 어느 정신 나간 오리나 닭들이 도로에서 뛰어놀거나, 돼지들이 뭐 먹을 게 있다고 도로 한가운데를 어슬렁거릴 때마다 버스기사는 참으로 자비롭게도 빵빵 경적 한 번 울리지 않고 멈춘다. 그러고도 마침내는 아무런 이유 없이 운전사 마음 내키는 대로 한참을 그냥 섰다가 별 설명 없이 그냥 간다.

이쯤 되면 여행자의 심정은 부글부글 '끓는점'을 지나, 차라리 편안해진다. 애초의 도착 예정 시간 따위는 어느새 머릿속에서 사라지고 없다. 그런데 이 순간이 여행자에겐 신비롭고도 소중한 시간이다. 여행길까지 끈질기게 따라붙었던 일상에서의 상식과 속도로부터 비로소 벗어나는 순간이기 때문이다.

예닐곱 살이나 되었을까. 건너편 앞좌석의 남자아이가 줄곧

나를 쳐다보았다. 녀석의 눈에도 내가 낯선 이방인으로 보이는 걸까. 망고며 껌이며 바나나주먹밥 같은 것들을 팔러 버스에 오른 아주머니들이 싸게 해 주겠다고 갖은 유혹을 해도 침을 삼키며 바라보던 아들을 끝내 외면하고 양초만큼 큰 왕라이터만 하나 사던 그 비정한(?) 아빠는 옆자리에서 잠이 들어 있었다. 검지로 돼지코를 만들어 그 아이를 웃게 하려고 애를 쓰고 있는데, 버스가 또 멈춰 섰다. 이번엔 무슨 일일까. 창밖에는 배추가 산더미 같이 쌓여있다. 지금까지의 다른 채소들과는 비교가 안 된다. 사람들이 하나둘 내리기 시작했다.

아내와 나도 도로로 내려섰다. 아이들은 좁은 도로를 뛰어다니고 어른들은 담배를 태우기도 하고 버스 지붕 위에 올라 일손을 거들기도 했다. 우리는 버스가 향하던 방향으로 걸었다. 대나무와 볏짚만으로 만든 집들이 두어 채 이어졌다. 그곳 마당에서 호기심 가득한 눈으로 버스를 훔쳐보던 아이들이 나와 눈이 마주쳤다. 아주 크고 맑은 눈을 가진 여자아이와 어린 남동생이다. 하루에 단 한 번 지나가는 이 버스가 어디서 와서 어디로 가는지 궁금했던 것일까.

어린 날의 나도 그랬다. 철로를 지나던 기차를 보며 하루를 보내곤 했던 날들. 그 기차가 가닿을 세상에 대한 상상으로 오래토록 행복했던 시간들…….

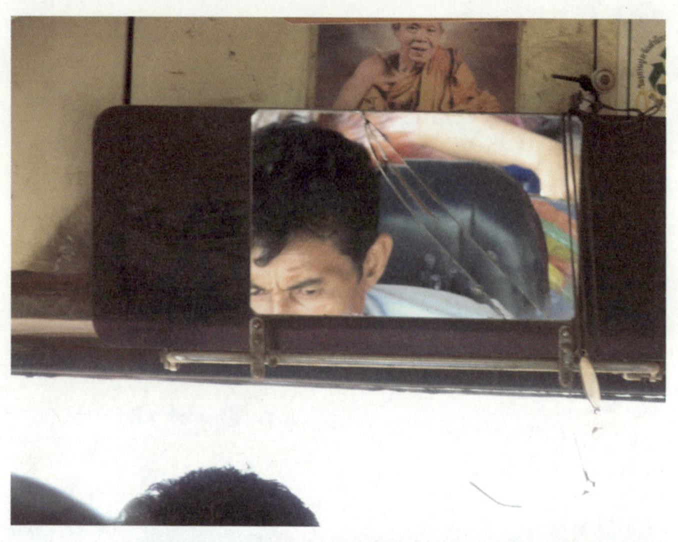

차장이 손짓을 했다. 버스는 '배추머리'를 하고 이제 다시 출발
이라고 시동을 걸었다. 어느새 아이들은 닭과 돼지와 오리와 함
께 마당을 뛰어다녔다. 버스는 느릿느릿 출발하고, 차창 밖으로
구름도 느릿느릿 강물도 느릿느릿 흐르는 듯 마는 듯 소들도 느
릿느릿 간혹 목덜미를 들어 하늘을 보았다. 여행자도 느릿느릿
지나는 풍경들에 손을 흔들며 또 한 꺼풀의 끈이 풀려 나가는 것
을 가만히 지켜보았다. 버스는 30분도 달리지 않아 다시 멈추어
섰다. 주황색 승복 안으로 꼬박꼬박 졸음을 시주하시던 노스님
이 일어섰고, 버스는 울타리도 없는 작은 사원 앞에 스님을 내려
두고 느릿느릿 다시 제 길을 갔다.

안녕, 시판돈

라오스 사람들은 강물을 닮았나 봐. 황톳빛 피부도 웃음도 느긋한 마음씨도……. 섬을 떠나는 날이었지. 게스트하우스 주인장 판 아저씨는 지금 바빠. 한 손으론 배를 운전하랴 다른 손으론 바닥에 새어 드는 물을 바가지로 퍼내느라고 말이지. 이 배가 아저씨가 우리에게 자랑했던 '스피드 보트'지. 그래도 아저씬 좋은가 봐. 고개를 들고 웃고 있잖아. 싱긋. 아저씨 등 뒤에 하늘도 웃고 있어. 파랗게, 싱긋. 그런데 나는 조금 아쉬워. 하루만 더 머무른다면 판 아저씨와 여행자 친구들과 더 많이 이야기하고, 더 많이 알게 되고, 더 많이 좋아할 수 있을 텐데……. 아니야. 아쉬움은 끝이 없고 이대로도 괜찮아. 그들은 내 기억 창고 어느 구석에 가만히 앉았다가 가끔씩 나를 찾아와 행복하게 해 줄 테니까.

나의 시간이 나의 것이 아니라면

팍세는 볼거리가 많은 도시가 아니다. 참빠삭Champasak이나 시판돈Si Phan Don, 혹은 커피농장으로 유명한 볼라벤 고원 같은 라오스 남부의 유명한 여행지로 가기 위해서 거쳐갈 수밖에 없는 베이스캠프와 같은 곳이다. 그래서 여행자들은 팍세에 머물면서 하루 일정으로 그곳 여행지들을 다녀오거나 오토바이를 빌려 고원 지역의 비포장 길을 헤매고 다니기도 하지만, 곧바로 버스를 갈아타고 다음 여행지로 직행하기도 한다.

그런데 나는 이 도시가 마음에 들었다. 특별히 빼어나지 않아 붐비지 않았고, 참빠삭 지방의 주도主都답게 은행, 호텔, 식당도 많고 규모가 큰 도시면서도 어쩐지 반경 100미터 안 여행자 거리

에서만 며칠을 보내도 좋을 것 같았다.

아내와 나는 아침이면 시장에서 빵과 열대 과일들을 사서 강변으로 나갔다. 그러곤 한낮의 더위를 피해 잠을 자거나 카페에서 냉커피를 마시다, 해가 기울 때면 거리를 걸었다. 그러다 배가 고파 식당을 찾아들었는데, 자주 갔던 레스토랑이 하나 있었다. 인도 이민자가 직접 운영하는 인도 식당이었다.

처음 그곳에 갔던 날 서너 테이블에 서양 여행자들이 앉아 식사를 하거나 맥주를 마시고, 콧수염을 기르고 배가 불뚝한 인도 남자가 넓고 두터운 인도 빵 ‘난’을 굽고 있었다. 우리는 길가 쪽으로 난 자리에 앉았다. 하얀 터번을 두르고 하얀 수염이 턱을 완전히 덮은 인도인 시크교도 한 명이 몇 남지 않은 테이블을 채웠다. 단골인 모양인지 여주인장은 인디아 말로 안부를 묻는 것 같았다. 아내와 내가 라오 비어와 치킨 카레에 난을 시킨 뒤에 오늘 하루 지나간 생각들을 일기장에 끼적거리고 있을 때였다.

여주인장은 우리에게도 안부를 물어왔다.

“여행이 어떠세요?”

나는 좋다고 대답했다. 그녀는 대뜸 오늘 도착한 것 같은데 팍세에 머무는 동안에 좋은 시간 보내길 바란다는 인사를 덧붙였다. 노련한 여주인장의 말솜씨가 싫지 않았다. 오래 참을수록 맛이 난다는 인도 음식을 기다리며 한국으로 보내는 엽서 한 장을

더 썼다. 그리고 문득 고개를 들었다. 어스름이 내리는 거리에는 툭툭 한 대가 건널목 파란 신호등에 걸려 있었다. 자전거 한 대가 지나갔다. 그리고 키 작은 라오스 아가씨가 하나 둘 셋 지나갔다. 신호등에 빨간 불이 들어왔다. 독일 말을 쓰는 중년 부부 한 쌍이 길가에 비치해 둔 메뉴판을 들춰 보며 자기네끼리 대화를 나누다 내 눈과 마주치자 미소를 남기고 가던 길을 다시 갔다. 사람들이, 시간이, 세상이 흘러가고 있었다. 세상에 속한 것도, 아닌 것도 아닌 그 경계 어디쯤에 내가 앉아 있는 것만 같았다. 괜히 기분이 좋아졌다. 지금 내가 삶을 즐기고 있구나 하는 까닭

없는 확신 때문이었다.

평소에 나는 시간이 나의 것이 아니라고 느낄 때가 많다. 내가 좋아하는 것이라고 말하면서도 실은 내가 뭘 좋아하는지 잘 모를 적도 많다. 내가 있는 공간을, 도시를, 인식하지 못하고 살고 있을 때도 많다. 문득 그러한 사실들과 대면할 때마다 나는 삶의 자리에서 흔들린다.

그리곤 그때마다 여행을 생각하며 주문을 외운다.

'나는 지금 이 도시를 여행하고 있다. 여행자로서 나는 이곳에 서 있다. 내일이면 나는 다른 도시로 떠날지도 모른다. 만약 지금 나의 시간이 나의 것이 아니라면 내일도 나의 시간은 나의 것이 아닐 것이다. 그러니 오늘을 살자.'

그러면 일상도 여행처럼 새로워진다.

언덕 위 사원에서, 오토바이

팍세에서 오토바이를 빌렸다. 우선 사흘 동안 쓰겠다고 했지만 여권만 맡겨 둔다면 며칠이어도 관계없으며 비용은 돌아와서 계산하면 된다고 했다. 아내와 나는 라오스 최남단에 있는 섬들의 고향 시판돈에 다녀오기로 했다. 148킬로미터. 가이드북에 의하면 버스로도 서너 시간이 걸리는 거리라 하니, 하루를 채울 생각으로 출발했다.

도심을 벗어나자 맑은 바람이 불어왔다. 2차선 도로 양 옆으로 논밭과 수풀이 이어졌다. 붉은 흙과 파란 하늘. 색감의 대비가 아름다웠다. 남쪽으로 내려갈수록 차량이 점점 줄어들더니, 어느새 도로에는 우리만 달리고 있다. 그 순간 뜬금없이 손을 놓

고 싶은 충동이 일어났다.

고백하자면, 나에게 '자유'에 대한 강렬한 이미지로 남아 있는 장면이 하나가 있다. 영화 〈비트〉에서 정우성이 바이크를 타고 달리다 운전대를 놓고는 눈을 감고 날아갈 듯 양 옆으로 두 손을 펼쳐 들던 그 장면. 빵빵. 경적소리에 눈을 번쩍 뜬다. 빠르게 운전대를 틀자, 트럭이 아슬아슬하게 스치듯 지나쳐 간다.

물론 나 말고, 영화 속 정우성 말이다. 당연히 우린, 천천히 달렸다. 바람을 잡아 보기도 하고, 그림자를 놀려 보기도 하면서. 삼거리에서 길을 물어 보느라 한 번, 노점에 들러 얼음커피를 마시느라 두 번 멈추었다.

그리고 괜히 샛길로 빠져 보고 싶은 욕망에 황톳길을 하나 골라 들어가 보았다. 1킬로미터나 달렸을까. 경운기를 탄 사람들을 마주했다. 키가 작고 건강한 노인 한 분이 운전하고 있었다.

"사바이디~!"

여행자의 인사가 소음에 묻혔나? 돌아오는 인사가 없었다. 곧, 마을이 나타났다. 마을은 길을 사이에 두고 양 옆으로 집들이 길게 마주 보고 있는 형상이다. 오토바이 기어를 1단으로 낮추고 걷듯이 살살 달렸다. 깡마른 남자가 해먹에 누워서 지나가는 여행자를 뚫어져라 쳐다본다. 다음 집에선 나무 작대기를 가지고 놀던 두 아이가 이방인을 발견하자 가만히 선 채 눈만 깜박인다.

맞은편 집에선 아기에게 젖을 물리던 여인이 표정 없는 얼굴로 응시한다. 뭇 시선들이 라오스의 송곳 같은 태양 광선처럼 온몸에 와 박히는 듯했다. 이쯤 되니 여행자가 마을을 구경하는 것이 아니라, 마을 사람들이 여행자를 구경하고 있다고 해야 할 터.

"사바이디~!"

어색함을 뚫고 오토바이 뒷좌석에 앉은 아내가 경쾌하게 소리쳤다. 과장되게 손까지 흔들면서. 그러자 뚫어져라 응시만 하고 있던 마을 사람들의 딱딱함이 풀리면서, 두 손을 가슴 앞에 모아 잡고 웃는다.

"사바이디~!"

인사할 때의 그 미소가 그렇게 예쁠 수가 없다.

요 며칠 겪어 보니 라오스 사람들에게 특징이 하나 있었다. 처음엔 무뚝뚝하고 인사도 잘 하지 않는다. 그런데 우리가 먼저 인사를 건네기만 하면 활짝 웃으며 '사바이디~!' 하는데, 정말이지 그 미소의 아름다움은 지상의 것이 아닌 것만 같다. 그리하여 결국 우리는 마을길이 끝날 때까지 인사를 멈출 수가 없었다.

"사바이디~! 사바이디~!"

인사만으로도 배가 부른 날이다.

샛길에서 빠져나와 다시 포장도로를 달렸다. 목적지가 가까워왔다 싶었는데, 오토바이를 바닥에 긁어버렸다. 물론 영화에

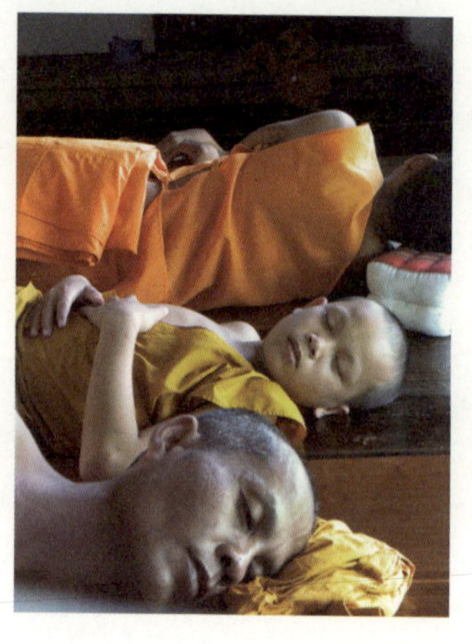

서 정우성처럼 두 손을 놓지도 않았다. 지나쳐가는 주유소를 늦게 발견하고는 급하게 돌리려다 미끄러진 것이다. 다행히 아내는 괜찮았는데, 내 오른쪽 다리가 주욱 한 줄로 긁혀 껍질이 벗겨지고 피가 배여났다.

주유소 할머니가 놀라셨는지 휴지와 연고를 가지고 달려 나왔다. 사실 주유소라고는 했지만, 라오스 국도변에 있는 주유소란 드럼통 한두 개에 달린 실린더형의 3~4리터들이 투명한 기름통에서 호스를 통해 1리터씩 내려 파는 구멍가게 같은 곳이었다. 지혈을 하고 나자 할머니는 얼음물도 한 잔씩 내어왔다. 고마움에 휘발유를 가득 넣고서 출발하려는데, 할머니가 언덕 위를 가리키셨다. 할머니의 손가락 끝에 사원이 보였다.

넘어진 김에 쉬어 간다고 했던가. 언덕 위로 오토바이를 몰았다. 불전이 두어 채에 크고 시원하게 뚫린 정자가 하나 나타난다. 정자에 걸린 빨랫줄에 스님들의 주황색 장삼이 바람에 날리는 모습이 예뻤다. 주황색과 흑백의 명암이 건조하면서도 자극적이었다. 언덕 아래로는 메콩 강이 넓은 곡선을 그리며 흘렀다. 강 가운데에 찌그러진 달걀 모양의 섬이 하나 보였다. 시판돈에서 가장 큰 섬이라고 할 수 있는 돈콩Don Khong이다. 오늘 우리의 목적지다.

언덕 위 오토바이에 앉아 섬 여기저기를 가늠해 보다 사원을 나섰다. 조용조용 조심조심. 바람 잘 드는 곳에서 낮잠 공양이 한창이던 스님들을 깨우지 않도록.

포토 에세이 3

엽서 이야기 1

여행길에는 아무래도 엽서가 좋아요. 이메일에는 거리가 없거든요. 친구가 멀리 있다는 걸 느낄 수가 없어요. 촉감도 없고 잉크에 묻어오는 이국의 냄새도 없죠. 일주일이고 보름이고 또 가끔은 한 달 내내 트럭과 열차를 타고 배나 비행기에 실려 온 그 시간들의 흔적도 없고요. 길 떠난 친구에게서 엽서를 받으면 뒤집어서 사진을 먼저 보세요. 친구가 그곳에서 어떤 길을 걷고, 무엇을 먹고, 어떤 사람을 만날까, 가만히 상상해 보는 거죠. 오늘은 엽서를 쓰고 나서 사진을 찍었어요. 훗날에 내가 무슨 말을 적었는지 보는 것도 재미있을 거예요. 또 더 먼 훗날에는 내가 쓴 엽서들을 찾아서 여행하는 일도요.

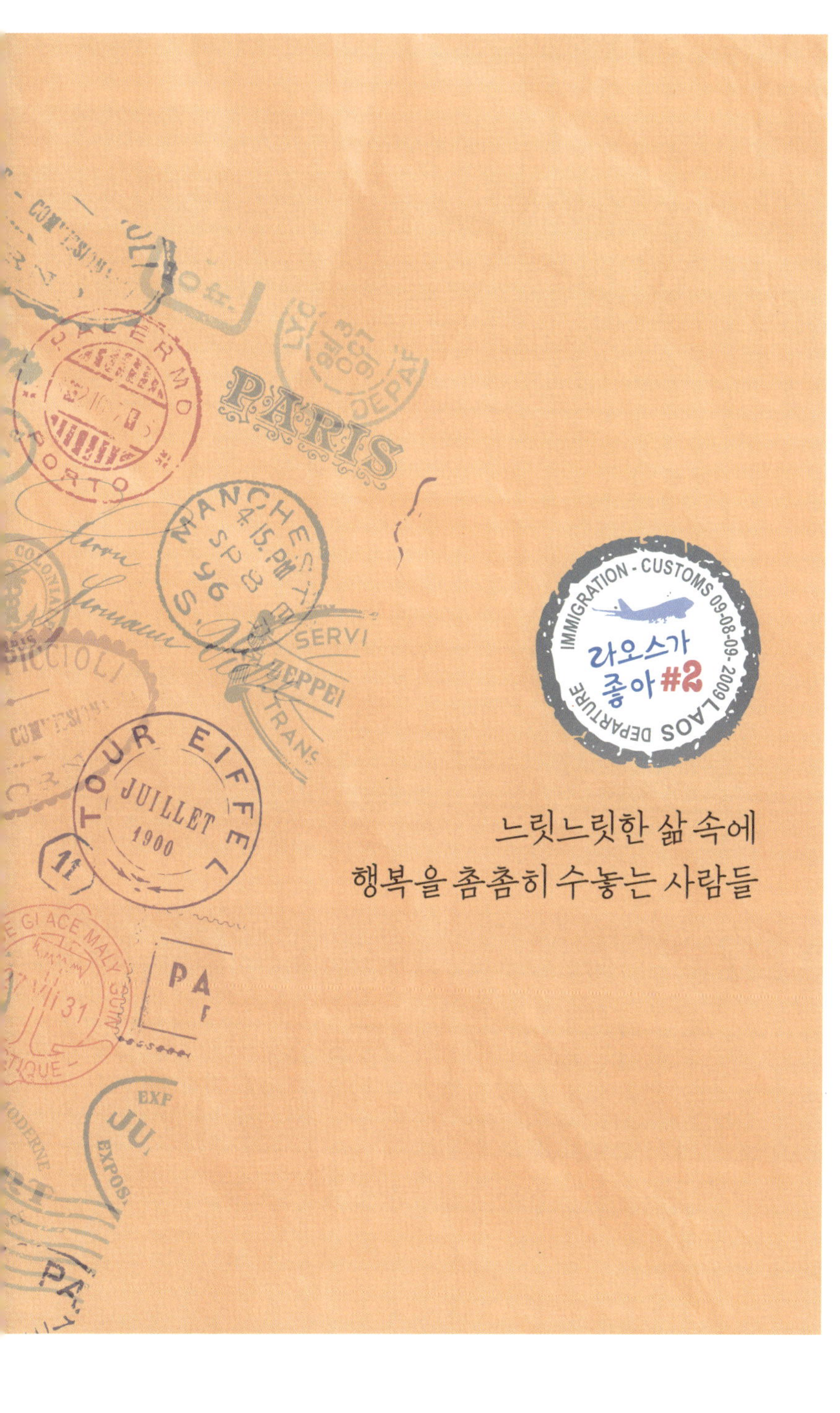

느릿느릿한 삶 속에
행복을 촘촘히 수놓는 사람들

싱싱한 물빛을 닮은 그 사람

그러니까 중국에서부터 시작된 메콩의 장엄한 흙빛 강물이 태국과 경계를 나누며 라오스의 등뼈를 훑어 내리다 막 캄보디아로 발을 들여놓기 바로 직전에, 시판돈이라는 곳이 있다. 생각해 보면 팍세에서 수도 비엔티안이나 고도古都 루앙프라방Luang Prabang으로 향하는 북쪽으로 곧장 가지 않고 오토바이까지 빌려 남쪽 길로 내려선 것은 순전히 시판돈이라는 이름에 이끌려서이다. 라오스 말로 '시'는 숫자 '4'이고 '판'이 '천'이고 '돈'은 '섬'이니까, 시판돈이란 '4천 섬'인 셈이다. 4,000개의 섬이 강 위에 떠 있다 하여 얻어진 이름인 것이다.

바다도 아닌 강 위에 흩뿌려진 4,000개의 섬. 그것만으로도

충분히 놀라웠지만, 아내와 나를 이끈 것은 시판돈이라는 단어가 주는 어떤 느낌이었다. 무언가가 시작된 곳이라는 시원적인 냄새가 그곳에 있었다.

돈콩에서 오토바이를 싣고 돈콘Don Khone이라는 작은 섬에 내렸을 때는 정오에 가까운 시간이었다. 하늘은 파랬고 섬과 섬 사이로 뻗어나간 초콜릿빛 강물과 하늘이 맞닿은 곳에서는 하얀 구름이 피어올랐다. 원근법을 잘 살려 낸 어느 화가의 그림 속을 여행하고 있는 듯 아득한 기분이었다. 섬에는 도로가 없었다. 자연 그대로의 원시림과 강 사이에 작은 오솔길이 나 있을 뿐이었는데, 그 길을 따라 섬을 한 바퀴 돌아볼 수 있다고 했다. 그에 비하자면 여행자들은 제법 많은 편이었다. 그들은 해먹에 드러누워 책을 읽거나 대나무를 엮어 만든 식당의 한쪽에서 '라오 비어'를 홀짝였다. 더러는 뜨거운 태양 아래서 윗몸을 드러낸 채 자전거를 타고 어디론가 가거나 어디로부터 돌아오고 있었다. 아내와 난 방갈로 모양의 게스트하우스들을 하나둘 지나 가장 안쪽에 위치해서 가격도 싼 게스트하우스에 짐만 던져 두고 밖으로 나섰다.

어설프게나마 문명의 이정표 노릇을 하던 식당이나 방갈로의 간판들이 사라지자 길이 더욱 좁아졌다. 그리고 섬사람들의 대나무집들이 나타났다. 그들은 대개 기둥이 되는 두 개의 통나무 다리를 흐르는 강물에 담그고 있었는데, 말하자면 메콩 강을 집 앞마당으로 둔 격이었다. 그 앞마당에 벌거숭이 남자아이 둘이 수영을 하고, 엄마는 옆에서 빨래를, 아빠는 대나무로 만든 낚싯대를 수리하고 있었다.

그때, 여행자의 인사. "안녕." 그러자 벌거숭이 녀석들이 강물에서 뛰어나왔다. 어, 쌍둥이? 그런데 지나치게 반갑게 달려오는 품새가…… 혹시, 포토, 달러, 라고 외치진 않을까……. 여행자는 그럴 때마다 마음이 아프다. 하지만 녀석들은 그깟 영어 단어들 대신에 어디서 나타났는지 누이와 함께 우리 앞에서 까르르르 웃고 있었다. 그러곤 손을 잡고 우리 부부를 집 안으로 이끄는데, 그곳에 아기가 동그란 대바구니에 담겨 흔들흔들 잠들어 있었다. 자기들의 예쁜 동생을 자랑하고 싶었나 보다. 코끝이 찡해왔다. 평화롭다는 생각. 고맙다는 생각. 그리고 조금은 미안하다는 생각…….

아마 이 섬에도 처음 여행자가 들고부터 많은 변화가 있어 왔을 것이다. 식당이 생기고 게스트하우스가 지어지고 고기잡이와 농사 이외의 새로운 일자리가 생겨나면서 이곳 사람들 사이에서도 직업과 경제력의 차이가 만들어졌을 테니까. 다른 세상을 꿈

꾸며 이곳을 떠나는 젊음들이 있었을지도 모를 일이다. 그런데도 그들의 눈빛에는, 예컨대 자신들이 가지지 못한 것들을 가지고 다니면서 많은 돈을 쓰며 섬의 변화를 가져오는 여행자들에 대한 상대적 박탈감이 있을 법도 하건만, 그 어떤 원망도 없어 보였다. 대게 여행자가 많이 찾는 곳은 꼬마들까지 영어 한두 마디는 보통이고 영어를 통해 새로운 삶을 개척하려는 열기가 있기 마련인데 이곳은 달랐다. 오히려 너무 많은 일을 하고 생각을 많이 하면 머리에 안 좋다고 생각한다는 그들. 오늘 하루 먹을 만큼만 일하고 나머지 시간들은 흐르는 강물에 띄워 두고 싶은 걸까.

라오스 최남단의 땅에서 4,000개 중의 어느 작은 섬에서 태어나서 자라고 평생 가족이 전부인 삶을 살아가다 그 자리에서 생을 마감하는 사람들……. 생각할수록 단순하고도 평화로운 삶이다.

다시 오토바이 시동을 걸었다. 손을 흔들어 주는 꼬맹이들을 뒤로하고 오솔길을 달렸다. 열서너 채의 집들이 모인 마을을 지나고 강물 속에서 더위를 식히는 물소들을 지났다. 그러고도 띄엄띄엄 메콩 강을 앞마당으로 둔 많은 대나무집들을 지났다. 얼마나 더 달렸을까. 몇 번 갈림길이 나왔고 간혹 이정표가 없었다. 다행히 매번 자전거를 타고 지나가거나 근처에서 대나무를 베고 있는 가족들이 있었다.

"리피Li Phi 폭포로 가는 길은 어느 쪽이죠?"

라오 말을 익히지 못한 나의 양손은 그때마다 폭포수가 되어 땅으로 힘차게 흘러내려야 했다. 그래서인지 라오 사람들은 곧잘 말뜻을 알아듣고 손가락을 펴 길의 방향을 보여 주곤 했다. 그런데 그때마다 그들 표정이 하는 말이 있다.

'왜 외국인들은 그곳에 가려고 안달인 걸까?'

나도 안다, 그 마음. 서울 사람들이 서울타워에 오르지 않는 법이니까. 그렇지만 여행이란 그런 것이다. 별것 아닐 수도 있는 목적지를 향해 가는 것. 그 과정에서 길을 잃고, 사람을 만나고, 또 어쩌면 길 위에 선 자신을 사랑하게 되는 것 말이다.

하지만 리피 폭포는 장관이었다. 붉은 황톳빛의 성난 물줄기가 이를 막아선 바위 덩어리들과 투쟁하며 쿨럭쿨럭 튀어 오르듯 흘러내렸다. 감히 다가설 수 없는 경이로움이 그곳에 있었다. 실제로도 섬사람들에게 '리피'란 '악귀를 막아 주는 방어막'이란 뜻을 가지고 있다고 했다. 그런데 그 아래에 한 사람이 서 있었다. 처음에는 무척 경악했던 것이, 그의 구릿빛 등짝이 물빛과 비슷해서 거센 강물을 버티고 서 있는 줄로 착각했기 때문이다. 그는 보기만 해도 위태로운 바위 위에서 긴 대나무로 만든 가위 모양의 어망을 이용해 폭포수에 떠내려갈 물고기를 기다리고 있었다.

나도 용기를 내어 바위 아래로 내려섰다. 물줄기는 천둥소리가 되어 흘러갔다. 나는 사진기 렌즈를 열고 그와 함께 기다렸다. 바위 덩어리들과 싸우는 성난 폭포수와, 그 폭포수와 싸우는 물고기와, 그리고 이 모두와 더불어 싸우는 구릿빛 등이 아름다운 그를, 다함께 사진에 담고 싶었다. 그러나 그의 어망은 매번 빈손이었다. 시간은 폭포수가 되어 흘렀다. 간절한 내 마음을 알았던 걸까. 그가 돌아보았다. 나를 향해 웃어 보였다. 그때 나는 그의 웃음이 메콩 강의 싱싱한 물빛과 닮았다는 생각을 했던 것 같다. 하지만 그의 어망은 이번에도 비어 있었다.

열대의 섬에 밤이 오면

시판돈에 밤이 왔다. 강물에서 첨벙대던 아이들의 웃음소리가 붉은 태양 너머로 잦아들면서, 돈콘의 밤이 시작되었다. 흙빛 강물은 더욱더 흙빛이 되고, 파란 하늘은 남은 힘을 다해 푸른 날개를 퍼덕여 여행자를 설레게 했다. 새들의 집처럼 생긴 방갈로들이 목덜미에 백열등을 밝혀 강물 위에 노란 그림자를 띄움으로써, 시판돈의 밤이 완성되었다.

아내와 나는 강가 쪽에 자리를 잡고 앉았다. 먼저 앉아 있던 한 여행자 커플이 인사를 건네 왔다. 그들도 우리처럼 이곳 게스트하우스에 묵는 모양으로, 독일에서 왔다고 했다. 대게 여행자들은 저녁은 숙소에서 운영하는 식당에서 먹으려고 한다. 편해

서이기도 하겠지만 다른 여행자들과 섞이려는 이유도 있다. 우린 채소볶음국수와 죽순채소덮밥에 라오 비어와 망고주스를 주문했다. 음식이 나오기를 기다리며 고향에 계신 부모님께 엽서를 쓰는 사이 한 명, 두 명, 한 쌍, 두 쌍 여행자들이 레스토랑을 채워 간다. 생각보다 많은 이들이 머물고 있었던 모양이다. 하이파이브를 나누고 하루 동안의 안부를 서로 묻는 것으로 보아 이미 몇 날 밤을 함께 보내며 서로를 알아 온 듯했다.

"우리, 테이블을 붙이는 건 어때?"

좀 전의 그 키 크고 둥글둥글하게 생긴 독일 친구들이다. 테이블을 붙이자 독일인 남자 친구는 의자를 당겨 앉으며 질문을 해 왔다.

"언제 왔니?"

"오늘. 너희들은?"

"어제. 이 섬 좋지 않니?"

"응."

"별로야?"

"아니, 내 말은 판타스틱하다든가 하면서 호들갑을 떠는 건 이 섬에 좀 맞지 않는 것 같아서… 그냥."

"너희들 여행 많이 했구나. 그치?"

순식간에 여행자들은 서로를 알아 간다. 인사를 나누고 보니

독일인 커플, 스무 살 영국인 커플, 긴 머리의 아르헨티나 여성, 자신들은 커플이 아니라 이곳에서 만났다는 걸 강조하던 스페인 남녀, 목소리가 아주 매력적이고 작고 귀여운 영국인 중년 여성, 그리고 한국에서 온 우리 부부까지 모두 열 명이다. 적지 않은 인원. 제법 큰 파티가 될 것 같은 밤이다. 그런데 파티에서 빠져서는 안 될 요리가 나올 생각을 않는다. 당연한 일이다. 낮 동안에 기웃대며 들여다본 주방이라는 곳은 대나무 울타리로 가려진 넓은 공간에 화덕 두 개, 주방장 한 명이 다였으니까.

"우리들의 파티는 오늘 밤 안에 끝나지 않겠는걸요. 요리를 다

먹으려면 말이죠."

영국에서 온 잭이 너스레를 떤다. 말할 때마다 조그맣고 동그란 얼굴에 익살스러움이 또그르르 굴러다닌다. 그의 나이 지금 스물. 고등학교를 졸업하고 곧바로 여행을 떠나 현재 2년째 길 위에 있다. 여자 친구인 폴리는 2년 전 함께 여행을 떠났다가 둘이 다투고 돌아갔는데 이곳 라오스에서 다시 만난 거란다. 그래서일까. 마침내 한 가지씩 요리가 나오기 시작하자 두 사람은 세상 즐거움은 다 자기네 것인 듯 좋아한다. 깔깔. 참 맑은 웃음소리다. 처음 보는 요리다 싶으면 요리 방송의 리포터처럼 포크를 뒤집어 마이크처럼 갖다 대곤 어떤 맛이냐고 캐묻는다. 그러곤 기어코 한 젓가락, 아니 한 포크씩. 또 깔깔.

전염성 강한 그들의 웃음소리 때문이었을까. 아니면 모든 것을 품을 것 같은 황톳빛 강물 소리 때문이었을까. 어느새 우리들은 20~30분 간격으로 한두 가지씩 배달되는 요리를 한꺼번에 달려들어 순식간에 해치우고서 다음 요리를 기다렸다. 결국 모두가 모두의 요리를 먹게 된 셈인데, 서양인 여행자들과 함께 경험하기 쉽지 않은 일이었다.

"오늘의 주인공을 모시겠습니다."

이제 잭은 우리 부부의 이야기가 궁금해진 모양이다. 양손 검지를 네모나게 그어 우리 두 사람을 텔레비전 모니터 안에 집어

넣는다. 어느 세계든 새로 등장한 인물은 언제나 신선한 이야깃
감인 법이다. 잭의 재치에 터져버린 웃음이 채 가시기도 전에 스
페인 아가씨 알렉산드라가 질문을 시작한다.

"두 사람, 부부 같아. 맞죠?"

"왜, 닮았어요?"

"그냥, 오래 함께 여행하는 부부 같아요. 아닌가요?"

"4년 전에 3년 동안 여행했었어요."

"올라!"

알렉산드라는 두 손을 움켜쥐며 자신의 눈썰미를 자랑스러워
했다. 그리고 질문을 이어 간다.

"근데 지겹지 않았어요, 3년?"

"어떨 것 같아요?"

"난 지금 6개월째인데 슬슬 지겨워지고 있거든요."

"그런데 집으로 왜 안 돌아가요?"

"몰라요. 그냥…… 아직은 아니에요. 뭔가 더 있을 것 같아요."

그래서 그녀는 뉴질랜드로 가서 일자리를 찾아볼까 생각 중
이란다. 그녀도 자신의 여행이 언제까지 어디로 어떻게 이어질지
모르겠단다.

길 위에서의 시간이 길어지면 여행은 또 하나의 삶이 되는 법
이다. 여행에는 설렘과 기쁨, 그리움 같은 감정들만 존재하는 것

이 아니다. 때론 지루하고 외롭고 쓸쓸하며, 절망적이기까지 하다. 삶에서 우리가 경험하는 모든 감정들이 한 번의 여행 안에 다 녹아들기 마련이다. 그래서 긴 여행을 다녀온 여행자는 한 번의 삶을 다 살아낸 것처럼 피로해진다. 그러고는 여행이 또 하나의 삶이고, 삶 또한 사실은 여행이라는 오래된 비밀의 문 앞에서 서성이게 되는 것이다.

"3년 만에 제자리로 돌아갔을 때 어땠어요?"

작고 귀여운 영국인 중년 여성 스테프가 끼어들었다.

"판타스틱…… 하진 않았고요(다들 웃음), 좀 어지러웠죠."

긴 여행에서 돌아온 해, 고속열차 KTX가 좁은 국토를 질주했고, 텔레비전에선 아파트 광고가 제일의 가치를 구가했으며, 지하철에선 너나 할 것 없이 모바일로 TV를 시청하고 영화를 보고 고스톱을 쳤다. 그리고 친구들은 3년을 하루처럼 우리 부부를 대했지만 정작 우리 자신은 그 시간의 간극을 메울 수가 없었다.

그러던 어느 날 아내와 나는 핸드폰을 없앴다. 그때 어떤 친구가 항의를 했다. 뭐, 이기적인 인간이라나? 우리는 언제든 원할 때마다 자신에 전화할 수 있지만, 자신은 그렇지 못한 불평등한 일방통행이라는 것이다. 맞는 말인지 아닌지는 모르겠으나, 우리 두 사람은 편하고 좋았다.

물론 가끔 불편한 일도 있다. 은행에서 통장을 새로 만들거나 동사무소에서 민원을 볼라치면, 담당자가 꼭 이렇게 물어본다.

"핸드폰 번호 하나 주실래요?"

나는 당연히 없다고 대답한다. 그 순간 담당자는 남녀를 불문하고 서류를 작성하다 말고 입을 반쯤 벌린 채 외계인을 만난 표정으로 빤히 쳐다보거나, 비스듬히 고개만 돌려 '이 사람이 지금 나하고 장난치자는 거야 뭐야?' 하는 눈빛으로 째려본다.

"지금은 세상과 불화하지 않고 잘 지냅니다."

"하하하!"

핸드폰 이야기가 재미있었나 보다. 다들 자신들의 여행 이야기, 여행에서 돌아갔을 때의 이야기로 즐거워한다. 아내가 화제를 바꾸었다.

"잭, 폴리랑 춤 한 번 춰 보지 그래?"

"춤?"

"그래, 춤! 이처럼 전 세계에서 모인 수준 높은 관객을 만나는 것도 쉬운 일이 아니거든!"

잭이 물 만난 물고기처럼 튀어 오르더니, 폴리에게 한 쪽 무릎을 꿇고 아주 고전적인 영국 신사의 몸짓으로 춤을 청한다. 박수와 웃음소리와 함께 스무 살 잭과 폴리는 참 예쁘게도 춤을 추고 별빛은 무대에서 반짝이고 강물 소리는 음악으로 흐른다. 여행자들과 함께 열대의 섬에 밤이 깊어 간다.

내게도 '사바이디'가 있다

팍세로 돌아가는 길, 오늘도 하루 종일 오토바이를 타는 날이다. 강렬한 햇살. 아마 그래서였겠지. 오토바이 운전대를 잡은 내 팔뚝은 주인인 내 뜻은 물어보지도 않고 아프리카의 니그로 혈통으로 호적을 옮긴 지 오래였다. 나름 까칠한 내가 그래도 참아주는 건 뻥 뚫린 도로를 달릴 때 불어오는 바람 때문이다.

도로변은 7월인데도 모내기가 한창이었다. 그리 넓지 않아도 풍요로워 보이는 논들이다. 뜨거운 햇살을 받으며 저 멀리서 대여섯 사람이 고깔모자를 쓴 채 손으로 모를 하나씩 심고 있다. 트랙터와 이앙기로 벼농사를 짓는 한국에서는 이제 보기 힘든 풍경이다. 오토바이를 세웠다. 한 가족일까. 어른들은 함께 허리를 굽혀 호흡을 맞추고, 그곳에서 조금 떨어진 대나무집에서는 꼬마 둘이서 제대로 비틀어 짜지 않아 뚝뚝 물이 떨어지는 빨래를 대나무 울타리에 널고 있었다. 그 움직임들이 어찌나 고요하고 정적인지 한 폭의 그림 같다는 생각을 할 때였다.

"사바이디~!"

고깔모자를 쓴 남자 하나가 그림 속에서 허리를 펴더니 나를 향해 손을 흔들었다. 그림 밖 여행자도 잡았던 사진기를 놓고 손을 흔들었다. 그런데 그가 손짓을 했다. 다른 한 손으로는 모 한 묶음을 들어 올렸다. 들어오라는 뜻이다. 모심기를 함께하자는 초대였다.

몇 해 전에 귀농을 한답시고 잠깐 충북 괴산에서 살았던 적이 있다. 총 열일곱 가구가 사는 마을에 빈집을 얻어 들어갔다. 시골에서는 이제 벼농사를 기계가 짓는다고들 말한다. 논 주인은 때 되면 트랙터고 이앙기고 콤바인을 불러 땅을 갈고 모를 내고 벼를 거두면 된다. 그리고 그날 기계를 운전한 이에게 막걸리 한 잔 받아 주면 그만이다. 그런데 우리가 살았던 마을에서 꼭 손으로 직접 모를 심는 한 분이 계셨다. 나는 그분을 당숙이라 불렀는데, 우리 아랫집에 살던 소 잘 키우는 하상이 형님의 당숙이어서 몇 번 따라 '당숙, 당숙' 하다 보니 입에 붙어 그리된 것이다. 당숙은 삐뚤빼뚤 줄일랑은 신경도 쓰지 않고 혼자서 하루 온종

일 모를 심었다. 내가 다들 기계 쓰는데 힘들지 않으시냐고 물으면, "그냥 식구들 먹을 건데 뭐 할 것 있다고 기계 쓰고 기름 쓰냐."고 하셨다. 나는 당숙이 심은 모들이 삐뚤빼뚤 자라서 누렇게 변해 가는 걸 자주 들여다보곤 했다.

여행을 하다 보면 낯선 타국에서 오히려 고향을 느낄 때가 있다. 편안하고 아련한 느낌. 어느 때엔 까맣게 잊고 있었던 어린 시절의 기억들이 너무 생생하게 떠올라 당혹스러울 때도 있다. 라오스가 그런 곳이다. 어쩌면 현재 한국보다 더 고향 같은 느낌을 주는 나라다. 마을 사람들이 다 함께 나와 모를 심고, 지나가는 나그네에게 들어오라 손짓하는, 300킬로미터의 길을 가느라고 버스는 하루 온종일 달려야 하고, 산길에서는 손을 들지 않아도 지나가는 경운기가 여행자를 태워 가는 나라가 라오스다.

아내와 나는 망설였다. 햇살이 너무 뜨거웠다. 여느 여행지 같았으면 당장 바짓단을 걷어붙였을 테지만, 열대의 더위는 여행자의 모험심을 녹여 내고 있었다. 다시 오토바이에 시동을 걸자, 그림 속 모든 이들이 허리를 펴고 손을 흔든다.

"사바이디~!"

그러곤 길 양편으로 똑같은 풍경이 지나갔다. 둘씩 셋씩 또는 더 많이, 줄 지어 모를 심는 사람들. 대나무집에서 놀고 있는 아이들. 세상에서 가장 행복한 자세로 물 찬 빈 논에 누워 더위를

식히는 물소들. 가끔 지나가는 '송태우'툭툭보다는 크고 버스보다는 작은 중소형 트럭을 개조해서 만든 이동수단. 그 맨 뒷자리에 매달려 수줍게 웃는 사람들. 그리고 드문드문 작은 마을들…….

　우리는 한 마을에서 쉬어 가기로 했다. 돌무더기를 쌓아 길고 가느다란 통나무 두 개를 세워 만든 문이 마을 입구에 있었다. 문 상단의 가로 판에는 'Lower Secondary School'이라고 적혀 있었다. 중학교 교문인 셈인데, 어쩐 일인지 학교는 보이지 않았고 푸른 들판이 산 아래까지 이어져 있을 뿐이었다. 궁금했다. 저 교문을 통과해 얼마나 걸어가야 학교가 나온다는 것일까. 그때였다. 어디서인지 한 아이가 나타나서 내게 인사했다. 영어로.

"할로우."

이 녀석 학교에서 영어를 배웠구나 싶어 나도,

"할로우, 나이스 투 미츄유."

라고 했더니 이 꼬마가 다시,

"할로우."

라고 한다.

"그래 나도 할로우다. 그런데 너 이름이 뭐니?"

하고 물었더니 꼬마가 또다시 하는 말이,

"할로우."

"그래, 나도 반갑다니까……. 그러고 보니 너 영어 잘 못하는구나?"

그러자 녀석은 흐뭇하게 웃었다. 그러곤 말한다.

"할로우."

그때 대답하는 녀석의 눈빛이 어찌나 당당하고 반짝이는지, 순간 나는 이 세상 모든 사람과 '할로우' 하나로 다 소통할 수 있을 거라고 생각했던 것 같다. 꼬마 친구에게 몸짓을 더해 내 오토바이가 배고파한다고 이야기했다. 그가 손가락을 펴 보인 곳에 구멍가게가 있었고, 그 옆에 기름집이 있었다.

한국의 신문 가판대처럼 생긴 기름집에서 실린더에 들어 있던

2리터의 휘발유를 내려 받았다. 그러자 이번에는 꼬마 친구가 내 손을 잡고 구멍가게로 이끌었다. 오토바이 배를 채웠으니, 여행자 부부도 얼음커피라도 한잔하고 가라는 것일까.

그런데, 사람이 없었다.

"사바이디~!"

꼬마에게 만사형통 언어인 '할로우'가 있다면 내게는 '사바이디'가 있다. 내가 방금 사용한 사바이디는 '누구 안에 없어요?'란 뜻이다. 꼬마가 안쪽에서 한 아주머니를 데리고 나오는데, 그러고 보니 손을 잡고 선 모양이 엄마인 모양이다. 그녀는 방금 낮잠

에서 깬 얼굴 위로 두 손을 모아잡고

"사바이디."

가게 진열대에는 노란색 망고주스 몇 병과 칠리소스와 가루비누가 하얀 먼지와 더불어 놓였다. 아내와 나는 봉지 얼음커피를 시켰다. 봉지 얼음커피란 흰 비닐봉지에 조각 얼음을 가득 담고 라오스산 원두커피를 넣고서 빨대를 꽂아 주는 식이다.

내가 지쳐 보였던 걸까. 그녀는 가게 옆 대나무로 만든 둥근 원두막 아래 평상을 가리켰다. 그러곤 두 손을 모아 오른뺨에 대고 고개를 옆으로 누이면서 눈을 감아 보인다. 한숨 자고 가라는 뜻이다.

옆에 물소가 있었다. 뿔이 멋지게 자란 놈이었다. 어느새 꼬마가 물소를 타고 있었다. 물소에 오른 채 내게 "할로우."라고 했다. 그리곤 한마디 덧붙인다.

"그런데 아저씨는 이름이 뭐예요?"

"나? 응, 그냥 용이라고 부르면 돼. 어, 그런데 너 영어 할 줄 아는구나?"

"아니, 영어 못해요."

"지금 잘 하고 있잖아. 아니, 너 지금 한국어로 말한 거니?"

"아니요. 아저씨가 라오 말로 하고 있잖아요."

그때 물소가 고개를 한번 세차게 흔들더니 앞으로 걸어 나갔다. 나를 힐끗힐끗 돌아보던 꼬마는 물소를 타고 어느새 저 멀리 황톳길 끝에 서 있었다. '얘 꼬마야, 어디 가는 거니?'라는 말이 끝내 입 안에서 맴돌며 나오지가 않았다. 꿈이었다. 원두막의 갈라진 대나무 틈 사이로 햇살이 얼굴에 와 닿았다. 꼬마는 가게 앞에서 아내의 손을 잡고 놀고 있었다. 녀석을 불러 물어보았다.

"사바이디?"

이번에 내가 사용한 사바이디는 '너 어디 갔다 왔니?'란 뜻이다. 그는 내 만사형통 언어를 알아들었는지 어쨌는지 눈만 껌벅인다.

포토 에세이 4

흥정의 달인

난 흥정에 서툰 사람이다.
그런데 이상해. 여행만 가면 흥정의 달인이 되는 거지.
이때 달인이라고 해서 반드시 싸게 뭔가를 산다는 의미로 이해해서는 곤란해.
다만 내가 염두에 둔 가격에 내가 원하는 것을 얻을 뿐.
혹시 똑같은 물건을 갖고 다니는 여행자를 만난다면
절대 가격을 물어보지 말아야 해. 그것이 정신 건강에도 좋고,
흥정의 달인이 되는 중요한 조건이니까.

달이 걸린 땅에서 다리가 아프도록

만약 여행자가 어느 한 도시의 진정한 매력을 알고 싶다면, 그는 우선 이른 새벽 거리로 나서 보아야 한다. 잠이 덜 깬 도시의 맨얼굴이 그곳에 있기 마련이다.

비엔티안의 새벽을 여는 것은 길고 긴 탁밧탁발 행렬이었다. 좀 과장하자면 비엔티안에는 길 하나 건너 하나씩 사원이 있는데, 그 많은 사원에서 주황색 승복을 입은 스님들이 한 줄로 흘러나와 실바람처럼 거리거리마다 스며들어 갔다.

비엔티안에 온 둘째 날 새벽, 나는 어느 사거리에 서 있었다. 한 줄의 주황색 실바람이 강변 쪽 길 끝에서 나타나서 다른 쪽 골목 끝으로 사라지는 사이에 또 다른 주황색 실바람이 반대편

에서 나타나서 내 뒤쪽으로 사라졌다. 몽환적이었다. 만약에 하늘에서 이 행렬을 내려다본다면……? 서로 만나지도, 꼬리를 잇지도 않으면서 도시 곳곳을 돌고 돌아가는 주황색의 탁밧 행렬. 아직 어둠에서 완전히 깨어나지 않은 도시에 숨결을 불어넣는 핏줄이라고 할 수도 있으리라. 주황색. 생명. 길. 핏줄. 꿈. 내가 이런 단어들을 떠올렸다가 오물거리는 사이에 스님들은 제각각의 사원으로 들어가 모습을 감추었다. 그러자 날이 밝고 몽환의 풍경들이 안개처럼 걷히더니 거리 곳곳에서 싱싱한 피가 돌기 시작했다.

뚝. 뚝. 얼음 조각들을 털어 내듯 인물들이 하나씩 살아나고 이내 아침 시장이 열렸다. 세상은 소란스러워지기 시작했다. 어깨에 걸친 긴 대나무의 양쪽에 대바구니 하나씩을 매단 장사꾼들의 발걸음도 부산했다. 그중에는 아직 초등학교를 다니고 있어야 할 꼬마들도 보였다.

오누이처럼 보이는 두 아이. 손을 들어 불렀다. 저 대바구니에 무엇을 담아 왔을까. 봉긋 솟은 조각보를 들춰내니 모락모락 김이 오르는 찐 옥수수다. 이 새벽에 저 옥수수를 쪄 내기 위해 두 아이는 얼마나 일찍 일어나야 했을까?

"따오 다이얼마니?"

내가 익힌 몇 안 되는 라오 말이다. 여자아이가 까만 봉지에

따끈따끈한 옥수수를 다섯 개 담아 주고는 손가락 두 개를 펼친다. 2,000킵. 우리 돈으로 300원 정도의 돈이다. 다시 다섯 개를 더 달라고 했다. 꼬마가 다섯 개에 하나를 더해 여섯 개를 넣어 주며 미소 짓는데, 그 미소가 어찌나 예쁜지 그 미소를 한 번 더 보고자 다섯 개의 옥수수를 더 주문하고 싶은 유혹을 참아야 했다. 단돈 600원에 작지 않은 행복을 쥐어 든 그날 새벽, 여행자는 어쩌면 이 도시를 사랑하게 될 것 같았다.

오래전부터 비엔티안은 '위앙짠'으로 불렸다. '달이 걸린 땅'이란 뜻이다. 프랑스의 식민 시절을 거치며 비엔티안이라는 미국식 이름으로 불리기 이전에 이렇게 예쁜 이름을 가지고 있었다. 하지만 도시 자체로 본다면 비엔티안은 특별히 예쁜 도시는 아니다. 오히려 밋밋하거나 펑퍼짐하다고 해야 맞을 것이다. 여러 여행자들로부터 비엔티안보다는 루앙프라방이 좋다는 이야기, 비엔티안에는 그리 오래 머무를 필요가 없다는 이야기 등을 들은 것도 그래서일 것이다. 하지만 그날 새벽 나는 비엔티안이 퍽 마음에 들었다.

그리하여 도시를 찬찬히 걷기 시작했다. 한 도시의 진정한 매력을 알고 싶은 여행자가 도시의 새벽을 본 뒤 그 다음에 해야 할 일이 하루 종일 도시를 걸어 보는 것이다. 무엇을 봐야지, 무엇을 해야지, 혹은 어디로 가야지 하는 특별한 욕심도 방향 감각도 잊어버리고 그냥 하루 종일 걸어 보는 것이다. 다리가 아프도록.

때마침 배는 출출했고 정오의 태양은 높고도 따가웠다. 우체국 건너편에 라오스와는 전혀 어울릴 것 같지 않은 현대식 쇼핑센터와 대형마트가 나란히 서 있었다. 1층에는 의류들이 진열되어 있었고, 여행자를 의식한 듯 환전소도 보였다. 피자가게에서는 주문이 밀리고 있었다. 에스컬레이터를 타고 2층으로 올라갔다. 지갑이나 벨트 같은 가죽제품 코너가 보이고, 작은 장신구들도 손님을 기다렸다. 그리고 서양식 커피전문점이 있었다. 우린 그 옆 가게에서 우선 망고셰이크 한 잔을 시켜 땀을 식혔다. 다시 3층으로 올라갔다. 예상한 대로 푸드 코너가 있었다.

그런데 참 신기한 일이다. 한 번도 와 보지 않은 이 도시에서 한국의 쇼핑센터와 비슷하게 생겼다는 이유만으로 저곳 3층 어디쯤에 푸드 코너가 있으리라고 상상할 수 있다는 것 말이다. 실은 그것이 나를 즐겁게도 하고 슬프게도 한다. 즐거운 건 물론 에어컨이 싱싱 나오는 시원한 공간에서 라오스의 젊은 청춘들과 함께 식사를 할 수 있다는 것이고, 슬픈 것은 이 세상의 도시들이 이젠 모두가 비슷해져가고 있다는 사실이다.

뜻밖에 푸드 코너에는 한국 김밥집도 있었다. 그러나 오늘은 아쉽게도 '금일 휴일'이라는 팻말이 내걸렸다. 그때였다. 모국어 소리가 들린 것은.

"한국 사람이세요?"

우리 부부에게 한국말로 한국 사람이냐고 묻는 그녀는 한국 사람이 아니었다. 똥그란 눈에 단발머리. 열아홉, 스물이나 되었을까. 그녀는 대학에서 한국어를 전공한다고 했다. 반가운 마음에 함께 식탁에 앉기로 했다. 그녀는 한국이 좋다고 했다. 만약 기회가 닿는다면 한국에 가고 싶다고도 했다. 그 이유를 물어본 것은 어쩌면 나의 실수였다.

"한국 드라마와 영화 봤어요. 한국 너무 좋아요. 한국 남자 멋있어요. 한국 너무 궁금해요."

나도 궁금하다. 그녀는 한국드라마에 쉽게 나오는 멋진 집이
나 자동차나 호텔이 한국에 살고 있는 우리들조차 그리 쉽게 가
까이할 수 있는 것들이 아니라는 것을 과연 알까?

태양이 뜨거운 날엔 국경놀이

강가에 서 있는 나무 아래로 내려갔다. 아침을 먹기 위해서였다. 강으로 이어지는 비탈길 끝에 중형 크루즈 배 한 척이 정박해 있었다. 아내와 나는 자전거를 세워 두고 준비해 온 바게트 빵을 꺼내 한입 크게 베어 물었다. 등에서 땀이 주르륵 흘렀다. 나름대로 서두른다고 나선 길인데도 이미 비엔티안의 거리는 구릿빛으로 달구어졌다.

"한국에서 왔죠?"

크루즈 배에서 올라온 중년 라오스 남자가 우리에게 다가왔다. 그는 서울에 대해서도 알은 체를 했다. 사업차 가 본 적이 있다는 것이다. 그리고 정박해 있는 크루즈 배를 가리키며 자기 동생의 배라고 묻지도 않은 말을 했다. 배 갑판에서 이것저것 점검 중이던 동생이 손을 흔들어 보였다. 그가 다시 물어왔다.

"라오스에 볼 만한 게 있어요?"

"네?"

그가 무슨 말을 하고 싶은 것인지 언뜻 알아듣지 못했다. "라오스는 이웃나라 태국처럼 역사가 깊지도 않고 캄보디아처럼 세계적인 유적지가 있는 것도 아니지 않느냐." 는 그의 설명을 듣고서야 말뜻을 이해할 수 있었다. 제법 여러 나라를 다녀본 자신의 식견에서 볼 때 여행자들은 도대체 뭘 보기 위해 라오스로 오는 것인지 궁금하다는 것이다.

"글쎄요…… 여행자는 자신이 가지지 못한 것을 찾아 떠나죠."

간단하게 대답하고는, 잠시 라오스가 얼마나 평화로운지 라오스 사람들이 얼마나 아름다운지에 대해 조금 더 덧붙일까 하다가 그만두었다. 그는 흥미롭다는 표정을 짓더니 다시 물었다.

"그런데, 자전거를 타고 어딜 가는 중입니까?"

"국경이요."

"데국 농카이요? 가까운 거리가 아닌데……?"

그렇다고 먼 거리도 아니다. 22킬로미터. 두 시간이면 닿을 수 있는 거리다. 물론 운전대를 잡은 팔뚝이 타들어갈 듯이 뜨거운 이 나라의 날씨에 만약 쉬지 않고 두 시간 동안 달린다면 분명

일사병에 걸리고도 남을 테지만.

사실 오늘은 아내와 내게 조금 특별한 날이다. 언제부터인지 자전거를 타고 국경을 넘는 날을 기대해 왔기 때문이다. 생각하기에 따라서는 이상할 것도 없지만, 허리가 잘려 섬 아닌 섬이 된 나라에서 태어나 여태 살아온 나로서는 자전거로 국경을 넘는다는 그 자체가 많이 특별하고 신기한 일이다.

"그럼, 라오스에는 언제 돌아옵니까?"

"오늘이요."

"네? 오늘이요?"

"그러니까 놀이 같은 거예요. 국경놀이. 그냥 발 한 번 찍고 돌아오는 거죠. 우리에겐 도장이 필요하거든요."

무슨 말이냐면, 대한민국 여행자는 라오스와는 무비자협약이 체결되어 있어 15일 동안은 비자 없이 여행이 가능하다. 하지만 여행은 이미 10일을 넘어섰고, 앞으로도 10일 이상 더 머물 작정이었다. 때문에 라오스 이민국을 방문해 비자를 연장하거나 출국할 때 초과해서 체류한 날만큼 벌금을 내야 했다.

그런데 한 가지 방법이 더 있으니, 그것이 국경놀이다. 메콩 강을 건너 태국의 국경도시 농카이로 넘어가서 잠시 어슬렁거리다가 음료수나 한 잔 마시거나, 아니면 그야말로 발 한 번 찍고 돌아오면 여권에는 또 다시 15일간의 체류허가 입국도장이 생겨나

는 것이다.

　세 시간 후, 국경놀이가 시작됐다. 라오스 출국도장을 받고 '메콩 강을 사이에 둔 두 나라'를 이어주는 '우정의 다리'를 달리기 시작했다. 셔틀버스를 탄 사람들이 고개를 내밀고 쳐다보는 것으로 보아 우리 부부가 근래 보기 힘든 장면을 연출해 주고 있음이 분명하다.

　그런데 놀라운 일이 벌어졌다. 잘 달리던 버스와 트럭들이 어쩌자고 줄줄이 중앙선을 넘어서는 것이다. 집단 담력 테스트라도 하는 중일까, 아님 날씨가 너무 더워 다들 머리가 어떻게들 된 걸까. 그러나 그 어느 이유도 아니었고, 실은 놀랄 일도 아니었다. 우리의 자전거는 어느새 '우정의 다리' 절반 지점에 도달한 것이고, 그래서 일본이나 영국처럼 자동차의 운전석이 오른쪽 좌석인 태국 땅에 들어서는 순간, 차들은 중앙선을 넘어 주행 차선을 바꾼 것뿐이었다. 그러니까 당연하고도 합법적인 것이 우리에게는 놀랍고도 신기한 일이 된 것이다. 상상할 수 있는 것과 직접 보는 것의 차이라고나 할까.

　3개월 동안이나 체류할 수 있다고 허락해준 태국의 입국도장을 받고 라오스에서는 볼 수 없었던 편의점 세븐일레븐을 잠시잠깐 시찰한 다음 한적한 주택가의 나무 그늘에 누워 태국의 하늘을 한 시간쯤 바라보다가 다시 태국 출국도장을 받고 우정의 다리를 건넜다. 물론 이때 중간 지점에서 중앙선을 매우 합법적으로 침범하여 차선을 바꾸고서, 라오스 땅으로 돌아왔다. 이렇게 이번 여행에서만 두 번째인 라오스 입국도장을 '쾅'하고 받음으로써 마침내 오늘의 임무인 국경놀이를 모두 끝마칠 수 있었다, 아니, 아직 남은 이야기가 하나 더 있다.

비엔티안으로 돌아오는 길이었다. 나는 이상하게 흥이 나 있었고, 자전거로 묘기를 부린다고 까불대다 두 번이나 넘어져 아내로부터 경고를 들은 뒤였다. 펑! 타이어에 대못이 박혀 버렸다. 세상에, 멀쩡한 도로를 달리다 자전거 타이어에 대못이 박힐 확률이 얼마나 될까. 마침 삼거리를 지나는 중이었고, 만약 달려오는 차가 있었다면 타어어가 터지면서 중심을 잃고 미끄러진 나는 큰 사고를 당할 수도 있었겠지만, 다행이었다.

자전거를 끌고 아랫마을까지 걸었다. 태양이 뜨거웠다. 자전거나 오토바이를 수리하는 가게로 보이는 곳에 청년 셋이서 나무박스를 찻상 삼아 얼음커피와 맥주를 마시고 있었다. 나처럼 머리가 긴 친구가 타이어를 때우려고 폼을 잡는 사이 지난밤에 있던 월드컵 결승의 결과를 물어보있다. 잉뚱하게도 그들은 이구동성으로 결승전의 승자를 알려주는 대신에 박지성에 대해 아는 체를 하더니, 다같이 엄지손가락을 치켜세우는 것이다. 그리곤 노는 건지 일하는 건지 축구 이야기에 맥주에 왔다갔다 설

렁설렁. 오늘 밤 안에 과연 아내와 나는 '빵구 난' 타이어를 무사히 때우고 비엔티안의 숙소로 돌아갈 수는 있는 걸까, 심히 의심스러웠다. 하지만 하얀 이를 다 드러내고 웃는 그들을 보는 순간 알아듣지도 못하는 라오스 말의 높낮이에 맞춰 고개도 끄덕거려 주고 가끔은 문맥에 맞춰 눈치껏 웃어 줄 수밖에 없었다. 그런데 궁금했다. 이 작은 점포에서 청춘들 세 명이서 일하고도 괜찮은 걸까? 손님이 그리 많을 것 같지도 않고, 수리비를 넉넉히 챙길 것 같은 인상도 아닌데 말이다.

"No problem!"

장발 친구는 내 마음을 엿보기라도 한 것처럼 문제가 없단다. 물론 청춘들 셋이서 먹고사는 데가 아니라, 내 자전거 타이어를 수리하는 데에 아무런 문제가 없으니 그 걱정스러운 얼굴일랑 그만 펴고 느긋하게 기다리라는 뜻이다. 그러고 보면 라오스에서 구걸하는 이들을 본 적이 없다. 아마 놀고먹는 이들도 없을 것 같다. 다만 놀듯이 일할 뿐. 그만큼 일거리가 많지 않아도 더 많은 일을 하려고 욕심내지 않으니 그들의 대답처럼 'No problem' 인 모양이다. 그래, 나도 그들처럼 'No problem'이다. 그런데 어제 결승은 누가 이긴 거야?

"예스터데이…… 풋볼, 어? 월드컵, 유노?…… 위치 팀, 원?"

손발을 곁들인 나의 열정적인 질문에, 라오스 친구는 한 치의 망설임도 없이 단호하게 대답했다.

"예스! 박지성, 굿!"

떠나온 날의 일상

'덥다.' 라는 말을 입에 달고 다닌다. 지난밤에는 거의 잘 수가 없었다. 에어컨이 없는 게스트하우스에서 더위를 이기는 방법이라곤 샤워를 하는 것뿐이지만, 다시 잠들기도 전에 침대에 닿은 등짝이 흥건히 땀으로 젖어 온다. 그래서인지 창밖 골목은 잠 못 이룬 자들로 새벽이 가깝도록 시끌벅적하다.

비엔티안의 아침, 또 하루가 시작된다.

오전에는 환전을 한 뒤 방비엥Vang Vieng으로 가는 차편을 알아본다. 오후에는 파리의 개선문을 본 따 세운 빠뚜싸이Patouxai와 비엔티안의 가장 대표적인 볼거리라 할 수 있는 황금사원 파탓루앙Pha That Luang에 다녀오기로 한다.

　빠뚜싸이는 시민들의 휴식처인 모양인지 분수를 둘러싸고 가족끼리 친구끼리 나들이를 나온 이들이 많다. 또 구경 나온 젊은 스님들도 많은데, 그들이 사진사에게 즉석사진을 찍기 위해 폼을 잡는 모습이 재미있다. 사진을 찍는 모습에는 성속의 차이가 없다. '우리도 한 번 찍어볼까?' 하다 그만둔다. 대신 사진사에게 즉석사진을 찍는 사람들을 찍는다.

입장료로 2,000킵을 내고 개선문 파툭사이에도 오른다. 도시를 조망하기에 충분히 높지만 비엔티안의 몸매 자체가 그리 예쁘지는 않다. 여기도 스님들이 많다. 개미처럼 작게 보이는 지상의 사람들을 보며 생각에 잠겨 있다. 나는 그 스님을 보며 생각에 잠긴다.

반면 파탓루앙은 이름만큼이나 화려하다. 황금색 '비주얼'이 강렬하다. 레게머리에 한쪽 눈썹과 입술과 코에 피어싱을 한 여행자 한 명이 사진을 찍는다. 그 옆에서 태국에서 온 단체관광객들도 사진을 찍는다. 나도 따라 사진을 찍는다. 아무래도 여긴 비엔티안 시민들보다 여행자들이 더 많다. 그래서 툭툭 기사들도 많다. 간식거리를 파는 장사치들도 많다. 그런데 스님들은 잘 안 보인다. 이상하다. 개선문에는 스님이 많은데 황금사원에 스님이 없다. 아내와 나는 천천히 걸어서 사원을 한 바퀴 돈다. 푸르스름한 회색빛의 하늘이 황금빛 사원과 어울려 신비롭다. 그리고 아름답다. 그만 숙소로 돌아온다.

분명 여행은 일상으로부터 떠나는 것이다. 그런데 여행 안에도 일상이 있음을 느낄 때가 있다. 아침에 일어나 밥을 머고 가이드북을 잠시 확인한 뒤 박물관이나 사원, 유명하다는 관광지를 돌아다니며 빵 몇 조각이나 길거리 음식으로 점심을 때운다. 그리고 골목길이나 노상카페에 앉아 다리쉼을 하며 지나다니는

사람들을 구경하다 강변 식당에서 지는 해를 바라보며 저녁식사
를 하는 동안 마음에 드는 사진 몇 장을 남기고 맥주 한잔을 곁
들인 다음 숙소로 돌아와 샤워를 할 때 나는, 문득 여행 안에도
일상이 있음을 알게 된다. 그런 날에는 묻게 된다.

'두고 떠나온 일상과 떠나온 후의 일상은 어떻게 다른 걸까?'

오늘이 그런 날이다. 기운이 없고, 조금 쓸쓸하고 제법 우울
한……. 샤워를 하고 게스트하우스에서 운영하는 아래층 카페
로 내려갔다. 망고셰이크를 시켰다. 라오스에서 먹어 본 것 중에
이 집의 것이 단연 제일 맛있다고 보증할 수 있다.

창밖으로 큼직한 배낭을 앞뒤로 멘 여행자들이 지나간다.

"떠나고 싶다……."

나는 또 버릇처럼 중얼거린다. 떠나와 있으면서도 떠나고 싶다고 말하는 나는, 어떤 존재일까. 떠나고 도착하는 시간 자체를 좋아하는 인간? 생각해 보면, 난 배낭의 무게가 내 어깨를 묵직하게 잡아 주는 그 순간, 그 느낌을 좋아하는 것 같다. 그 순간에 알 수 없는 '삶에 의지' 같은 것을 느낀다. 그런데 나만이 아니라 남들이 떠나는 걸 지켜볼 때도 그렇다. 배낭을 메고 다른 세상을 향해 뚜벅뚜벅 길을 나서는 여행자들을 보고 있으면 괜스레 가슴이 울렁인다. 발걸음에 차이는 설렘과 함께 등 뒤에서 느껴지는 어떤 연민 때문인지는 모르겠다. 그래서 때론 길 위에 서 본 자들 사이에 존재하는 연대감으로 울컥하기도 한다. 그런 날이면 저녁밥을 먹다가도 아침 커피를 마시다가도 불쑥 배낭을 꾸리고 싶어진다. 떠나온 일상에서 다시 어디론가 떠나고 싶어진다.

아무래도…… 이건, 병이다.

포토 에세이 5

인연

우리서로 만난 적 있나요?
네 눈이 그렇게 말하는 것 같아.

마술

아이들이 내게 마술을 걸고 있는 것 같아.
손가락 두 개를 흔들면서 말이야.
어떤 나라에서는 그 손가락 두 개가 치즈가 되고 김치가 되지만
지금 라오 아이들은 낯선 여행자를 위해 마술을 보이는 중이야.
웃어요, 잊어요, 머리 아픈 일일랑.
있잖아요, 손가락 두 개가 V처럼 생겼다고
승리를 뜻한다고 생각하면 안 돼요.
그쯤은 나도 알고 있단다.
그보다는 내게는 너희 존재가 마술이란다.
너희를 보면 내 쫀쫀하던 가슴이 시원해지고 이만큼이나 넓어지니까.

순수한 마음을
전하는 사람들

게으를 수 있는 자유

지금도 중고등학교 지리 시간에 이런 걸 배우는지 모르겠지만, 라오스의 방비엥은 중국 구이린과 베트남 하롱베이와 더불어 세계 3대 카르스트 지형에 속하는 곳이다. 이는 아름답고 기이한 봉우리들과 동굴들이 넓게 펼쳐져 있다는 뜻이기도 해서, 트래킹이나 동굴 탐험을 하려는 세계의 배낭여행자들이 방비엥으로 몰려든다.

그럼에도 우리 부부는 식사 때가 되어서야 겨우 일어나 게스트하우스 밖을 나섰고, 아침은 길 건너 식당에서 샌드위치를 사다가 먹었고 하루 종일 침대에서 뒹굴며 더빙된 한국 영화나 지나간 중국 무술영화를 보거나, 천장에 붙은 도마뱀을 응시하며 할 일 없이 빈둥거렸다.

게으름, 그분이 오신 것이다.

여행을 하다 보면 특별히 몸이 아픈 것도 아닌데 낯선 이국의 문물을 앞에 두고도 꼼짝하기 싫은 날들이 있다. 그래도 이번 여행은 한 달 정도라서 시간이 아까워라 부지런 떨며 돌아다닐 거라 생각했었는데, 그건 나의 착각이었다. 길든 짧든 여행은 여행이라서 모든 감정의 요소들이 한 사이클을 이루며 빠짐없이 찾아들고 있었다.

그래도 일삼아 몸을 움직이는 것이 있다면 아침저녁으로 한 번씩 강가에 다녀오는 일이었다. 강가에 이르면 황톳빛 강물이 소 울음처럼 길게 흐르고, 투박한 나무다리는 삐걱삐걱 소리를 내며 강을 건너고, 올록볼록 동화 속 그림 같던 산봉우리들이 강 건너에 서서 수줍게 웃었다. 어느 아침에는 물안개가 하얗게 피었다가, 또 어느 저녁에는 붉은 노을이 하늘빛과 물빛을 하나로 엮어 놓았다. 또 가끔은 힘센 아낙네가 네모난 어망으로 물고기를 잡기도 하고, 엔진을 단 나룻배를 끌어내던 늙은 사공이 여행자를 향해 손짓을 하며 환히 웃어 보였다. 그곳에는 늘 그렇게 다른 풍경이 우리를 기다렸다.

그런데 한결같은 풍경도 있다. 강가에 이르기 위해 지나게 되는 방비엥의 중심거리가 그렇다. 식당과 바와 여행사가 빼곡히

들어차 있는 거리는 대낮에는 한가한 듯 무료한 듯 넘칠 것 같은 나른함이 낮게 드리워진다. 이때 세계 어느 여행지에서도 볼 수 없는 진기한 장면이 연출된다. 방비엥의 카페나 식당은 여행자들이 누울 수 있도록 앉은뱅이 의자에 쿠션이 놓여 있는데, 모든 테이블이 한쪽 방향만을 향하고 있다. 그 이유는 한쪽 천장에 달려 있는 텔레비전을 보기 위한 것으로, 놀랍게도 그 많은 레스토랑들이 약속이나 한 듯 대부분 〈프렌즈〉미국 텔레비전 시트콤를 하루 온종일 틀어놓는다. 생각해 보라. 카페나 식당마다 다국적 여행자들이 한쪽 방향을 보며 누워 하루 종일 똑같은 텔레비전 프로

그램을 보고 와하하 소리 내어 웃기도 하고 너무 웃겨 눈물을 찔 끔거리기도 한다. 웃기지 않나?

그런데 해가 지면서는 또 다른 풍경이 연출된다. 거리는 대낮의 나른함이 물러가면서 들뜨기 시작한다. 우선 맨발에 수영복 차림의 여행자들이 거리를 활보한다. 그들은 툭툭에서 내리기도 하고, 커다란 검은 튜브를 메고 식당가를 걸어 다닌다. 아마 처음 방비엥에 도착한 이들은 여기가 대서양이나 카리브의 해변 어디쯤이라고 착각할 만도 하다. 그런데 자세히 보면 그들의 발걸음은 구름 위를 걷듯 꿈속을 날듯 가볍다. 그들이 식당이나 바를 찾아들면서 방비엥의 밤은 점점 광란의 시간으로 달려간다.

방비엥에는 유명한 레포츠로 튜빙Tubing이 있다. 강의 상류로부터 검고 큰 튜브를 타고 한나절 동안 내려오며 카르스트의 절경을 즐기는 레포츠인데, 그 종점인 마을 어귀에 이르러 다이빙을 하는 것으로 마무리한다. 다이빙대는 제법 높아 줄을 타고 흔들리다 강으로 떨어지며 스릴을 즐긴다. 그런데 다이빙대 아래에 카페가 있고, 그곳에서 버섯 성분이 첨가된 음료수를 판다. 이 음료수가 방비엥의 한결같고도 기이한 풍경들의 키포인트라고 할 수 있다. 이 특별한 음료수는 마약처럼 사람들의 기분을 몽롱하고도 즐겁게 만들어 준다. 기분이 좋아진 이들은 다이빙을 하고, 춤을 추고, 꿈결같이 거닐다가 해가 지면 마을로 내려와 식

당과 카페를 채워 나간다. 그곳에서 다시 버섯 음료수를 마시고 광란의 밤을 달리고 나면, 다음 날 낮의 방비엥은 고요한 휴식으로 들어가는 것이다.

이런 분위기는 마을 전체에 밤낮으로 뭔가 터져 버린 자유로움 혹은 나른한 일탈의 기운을 드리우면서 장기 체류자들을 만들어 낸다. 맘껏 게으를 수 있는 자유가 거리 곳곳을 배회하다가 여행자의 몸 구석구석을 파고드는 것이다. 우리 부부의 게으름도 이와 전혀 무관하지는 않을 듯하다.

하룻저녁은 조금 일찍 게스트하우스를 나섰다. 해가 많이 남아있어 더위가 여전했다. 요거트를 사려고 옆집 구멍가게에 들렀다. 그날도 아이들이 나와 있었다.

'지겹지도 않은 걸까?'

아이들은 돌멩이들을 흩쳐 놓고 공기 놀이를 하고 있었다. 그중 한 아이가 나를 보더니 일어섰다. 구멍가게의 꼬마 주인장이다. 그런데 아이는 잔뜩 못마땅한 표정이다. 그이가 공기를 던질 순서였는데 내가 나타난 것이다. 난 아이의 그 귀엽고도 뾰로통한 표정을 더 오래 보고 싶어 일부러 냉장고 안을 이것저것 들여다보다 천천히 냉장고 문을 열고 더 천천히 요거트 하나를 골라냈다.

"얼마니?"

"5,000킵!"

아이의 퉁명한 대답에는 어제도 사 갔으면서 왜 또 물어보냐는 불평이 담겨 있었다. 내게서 돈을 받으면서도 아이의 눈은 이미 공기놀이에 가 있었다. 나는 아이들 옆에 쭈그리고 앉았다. 틈틈이 기회를 노리다 불쑥 끼어들었다.

"나도 공기놀이 잘하는데, 끼워 주라."

"……."

이방인의 침입에 잠깐 당황한 꼬마들. 무슨 상황인지 아직 정돈이 안 되는 분위기를 뚫고 목소리 하나가 튀어나온다.

"NO!"

구멍가게 주인장 꼬마다. 좀 전에 내가 골려먹은 것에 대한 앙갚음인 셈이다. 다른 아이들은 잠시 서로의 눈치를 살피는데, 그 아이는 퍽이나 단호하다. 아이들은 내가 끼고 싶어 지켜보고 있으니까 놀이가 더 재미있어진 모양이다. 까르르르. 깔깔. 신이 났다. 심술부리지 말 걸 그랬나? 그래도 아이들은 내가 사진 찍는 것까지 뭐라고 하진 않는다. 사실 그거면 됐다. 내 속셈의 절반은 달성한 셈이니까. 좋은 사진을 찍고 싶으면 그것이 어른이든 아이든 강이든 산이든 나무든 먼저 친해져야 한다.

발걸음을 옮겨 강으로 향했다. 가는 길에 있는 사원 마당에도 아이들이 있었다. 몇몇은 큰 나뭇가지에 묶인 그네를 타고, 더 많은 아이들은 법당을 뒤에 두고 축구를 하고 있다. 한 아이가 프리킥을 준비하고, 그 앞쪽에서 수비를 하는 두 아이는 등을 보이며 벽을 쌓은 채 고개만 돌리고 섰다. 귀엽다.

그러고 보니 방비엥에는 놀고 있는 아이들이 참 많다. 생글생글 아이들이 뛰어다니는 이곳은, 그래서 살아 있는 마을인 듯하다. 프리킥을 찬 아이의 공은 빗나가고 아이들은 다시 축구공 뒤를 우르르 쫓아다녔다. 아내와 나도 그만 강가로 발을 돌렸다.

맘껏 게으를 수 있는 자유가 고맙다.

시속 4km의 세상

여행을 하다 보면 세상을 보는 시선에도 속도가 존재한다는 사실을 알게 된다. 시속 100킬로미터의 자동차, 시속 50킬로미터의 오토바이, 시속 20킬로미터의 자전거에서, 그리고 시속 4킬로미터로 걷다 보는 세상은 아무래도 서로 다르다.

여행자의 속도가 달라지면 볼 수 있는 풍경도 달라진다. 그 가운데에서 아무래도 내가 제일 좋아하는 속도는 시속 4킬로미터의 세상이다. 발뒤꿈치만 살짝 들어도 담장 너머에 널어 둔 빨래와 대바구니 안에 잠든 아기와 모이를 쫓아 다니는 닭들의 세계가 다 들여다보이는 속도가 시속 4킬로미터이기 때문이다. 또 그것은 가끔 예기치 않은 만남을 가져다주는 속도이기도 하다.

방비엥에서 지낸지 사흘째 되던 날이었다. 아내와 나는 아침 일찍 탐푸캄Tham Phu Kham으로 향하고 있었다. 탐푸캄은 '탐'이 라오 말로 '동굴'이라는 뜻이므로 '푸 캄' 동굴이라 불러야겠지만, 여행자들 사이에서는 블루 라군Blue Lagoon으로 통한다. 동굴 아래에 아름다운 옥색의 호수가 있어서다. 여행자들은 취향에 따라 툭툭을 부르기도 하고, 오토바이나 자전거를 빌려 타고 그곳으로 향한다.

반면 아내와 나는 걷기로 했다. 한 시간쯤 걸었고 마을 하나를 지났을 때였다. 앳되어 보이는 소년이 경운기를 몰고 가다 멈추어 섰다. 그러곤 올라타라고 손짓했다. 뜻하지 않은 상황이다. 갑자기 시속 4킬로미터의 세상이 시속 20킬로미터의 세상으로 바뀌게 생겼으니까. 물론 싫지는 않았다. 여드름 가득한 얼굴로 소년은 흐흐 웃으며 자신을 '뜨'라고 소개했다. 덜컹덜컹. 산골의 비포장 길에서 시속 20킬로미터 세상은 그리 안락하지 않다. 엉덩이가 나만 고생이라고 난리였다.

두 번째 마을을 지날 때 시속 10킬로미터의 여행자들이 나타났다. 그들은 뜨의 경운기를 얻어 타기 전에 자전거를 타고 우리 부부를 앞질러 갔던 영국 친구들이다. 그때 그들은 뜨거운 날에 애써 걸어가는 우릴 향해 "좋은 날!" 하며 붉은 태양을 가르치며 장난쳤었다. 이번에는 우리 차례다.

"정말 좋은 날인걸!"

길은 때 맞춰 오르막이었고 뜨가 운전하는 경운기는 뜨뜨뜨 뜨뜨 소리를 내며 시속 10킬로미터의 여행자들을 앞질러 나아갔다. 후욱후욱. 두 사람의 거친 숨소리가 전해졌다. 웃통을 다 벗고도 땀을 비처럼 흘리는 그들, 좀 미안하긴 하다.

어느새 소년의 집에 닿았다. 그는 경운기를 대자마자 곧장 집 안으로 달려 들어가더니 사진 한 장을 가지고 나왔다. 그 사진에 한국 사람들이 있었다. 어느 학생단체의 해외봉사단원들이 풍물을 치며 이곳 아이들과 신명나게 놀고 있는 사진이었다. 그곳에 뜨와 그의 동생들의 얼굴도 있었다. 손을 들어 경운기를 세우지도 않았는데 우리를 태워준 것은 그래서였나 보다. 물 한 잔을 얻어 마시고 해먹에 잠시 누웠다가, 함께 사진을 찍었다. 다시 오게 된다면 안화한 사진을 전해줄 것이다.

블루 라군에서 두어 시간쯤 놀고 돌아오는 길이었다. 오후의 태양은 높고 뜨거웠으나, 갈 길은 멀었다. 세상없이 좋은 것도 다 시기가 있기 마련이다. 하루 종일 시속 4킬로미터의 세상이 제일 좋다느니 그래서 뜨를 만날 수 있었다느니 잔뜩 떠벌려놓은 단어들이 땀범벅이 되어 황톳길 위에 축축 늘어질 무렵, 후회가 밀려오기 시작했다.

오토바이 두 대가 지나갔다. 어제 강변 식당에서 맞은편에 앉

았던 스페인 친구들이다. 잠시 뒤 다시 자전거가 두 대 지나간다. 좀 전의 그 영국 친구들이다. 입장이 또 바뀌었다. 한 친구가 엄지손가락을 치켜세운다. 그리고 이번에는 툭툭이 지나간다. 오늘 탐푸캄 동굴 탐험을 함께했던 호주 커플이다.

그런데, 그 옆자리 하나가 비었다. 날씬한 우리 부부라면 둘이서도 충분히 탈 수 있을 공간이다. 손을 들면 세워 줄 텐데, 어쩌지? 순간의 망설임. 에이, 모르겠다. 일단 손을 들었다. 그런데, 이런… 어쩌자고 호주 친구들은 반갑게 손을 마주 흔들어 주는 것이다. 자기들에게 인사하는 것으로 생각한 모양이다. 오늘 하루는 시속 4킬로미터 도보 여행자가 운명인가?

얼마나 더 걸었을까. 황톳길에 부서지는 뜨거운 햇살이 천 근의 무게처럼 느껴질 즈음 처음으로 맞은편에서 사람들이 걸어왔다. 뾰족하고 긴 항아리처럼 생긴 대나무 가방을 메고 무지개색 두건을 둘렀다. 소수민족 '몽족'인 모양이다. 두 할머니와 한 소녀. 소녀의 볼이 붉다. 시장에 무엇을 내다 팔고 돌아오는 길일까. 얼마나 더 걸어야 집에 이르는 것일까. 우리들은 마주 보며 지나쳐 간다. 소녀의 눈에서 얼핏 그리움을 본다. 무엇이 궁금한 걸까. 무엇이 그리 그리운 걸까. 소녀는 자꾸만 뒤돌아본다.

다시 아이들이 재잘거리는 목소리가 들려왔다. 저마다 대바구니를 하나씩 들은 폼이 고기를 잡을 모양이다. 우선 그들은 샛강에 첨벙첨벙 물고기처럼 수영부터 한다. 아이들 뒤로 물소를 몰고 오는 아빠와 딸의 풍경이 겹쳐진다. 인상파 화가의 그림 같다. 여전히 태양은 뜨겁고 땀이 온몸을 적셨다.

그런데 왠지 기분이 좋아졌다. 이 길 위를 숱하게 지나다녔을 사람들의 이야기가 들려오는 것 같았다. 좁쌀 한 보자기를 들고 시장으로 향하던 할머니와 새로운 세상을 찾아 도시로 떠나가던 청춘들의 설렘. 그리고 지나간 시간들의 안타까운 꿈들도.

외로운 여행자, 미스터 리

하늘은 파랗고 바람은 시원했다. 그날 아침, 계획대로라면 아내와 난 루앙프라방행 버스를 타고 산을 넘고 있어야 했겠지만, 우리는 하루에 40,000킵6천 원 정도하는 오토바이를 빌려 타고 방비엥의 외곽도로를 달리고 있었다. 자동차는 아주 가끔 지나다녔고 꼬불꼬불 2차선 도로를 따라 마을이 나타났다 사라지고를 반복했다.

우리 부부의 100시시 스쿠터 앞에는 라오스에서 난 두 내밖에 없다는, 한때 영화배우 최민수가 즐겨 탄, 양팔을 어깨보다 더 넓게 뻗어 운전대를 잡아야 하는 450시시짜리 오토바이를 탄 사나이가 바람을 가르고 있었다. 양팔에 새겨진 푸른 문신이 뜨거

운 태양 아래 선명했다. 왼팔뚝에선 여의주를 문 용이 가슴팍까지 꿈틀거렸고, 오른쪽에선 달마 대사가 세상을 노려보고 있었다. 만약 펄럭이는 흰색 티셔츠가 바람에 들어 올려진다면 등에 새겨진 자비로우면서도 관능적인 마야 부인의 자태가 보일 것이었다.

굳이 말하자면, 그 사나이 때문이었다. 이미 떠나야 했을 여행자 부부가 아직도 방비엥의 언저리를 떠돌고 있는 것은 이곳에서는 '미스터 리'로 통하는 그 때문이었다.

전날 밤이었다. 낮에 보아둔 한국인 게스트하우스에 인사라

도 할까 해서 찾아갔다가 주인장 대신 그를 만난 것이다. 막 샤
워를 끝내고 나온 그는 깍두기 머리에, 용과 달마와 마야부인으
로 온 몸을 두르고 있었다. 아마도 한국의 어느 목욕탕에서 그를
만났다면 나는 조폭영화의 한 장면을 떠올리며 조금은 움찔했을
것이다. 하지만 길 위에 선 여행자는 영화나 드라마, 때론 존재했
던 현실로부터도 자유롭다. 그의 몸에 새겨진 그림은 예사롭지
않았고, 푸르고도 아름다웠다. 그는 자신도 여행자라고 소개했
는데, 목소리가 느리면서도 굵고 낮았다.

"방비엥에 6개월째입니다. 이상하게 못 떠나겠더라고요. 내가 태
국에서 사업을 했거든요. 그거 말아먹고 머리도 식힐 겸해서 여
행하다가 여기 왔는데, 좋더라고요. 어릴 적 생각도 나고. 사람
들도 좋고. 그런데, 두 분도 오래 여행하셨나 봅니다."

이렇게 시작한 그와의 이야기가 길어졌다. 그가 라오 비어를
샀고, 우리는 베트남에서 운이 형이 챙겨 준 코브라 술을 꺼냈다.

한때 그는 한국에서 잘나가던 건달이었다고 한다. 그러나 한
사건으로 원치 않게 태국으로 떠나와야 했고, 나그네의 삶이 시
작되었다. 그 후 파란만장했던 그의 삶을 지금 다 이야기할 순 없
을 듯싶다. 지면도 짧고, 그에게 예의도 아닌 것 같다. 언제 기회
가 된다면 그의 이야기만을 해보고 싶다.

짧지 않은 세월이 지나고 그는 한국으로 다시 돌아올 수 있었

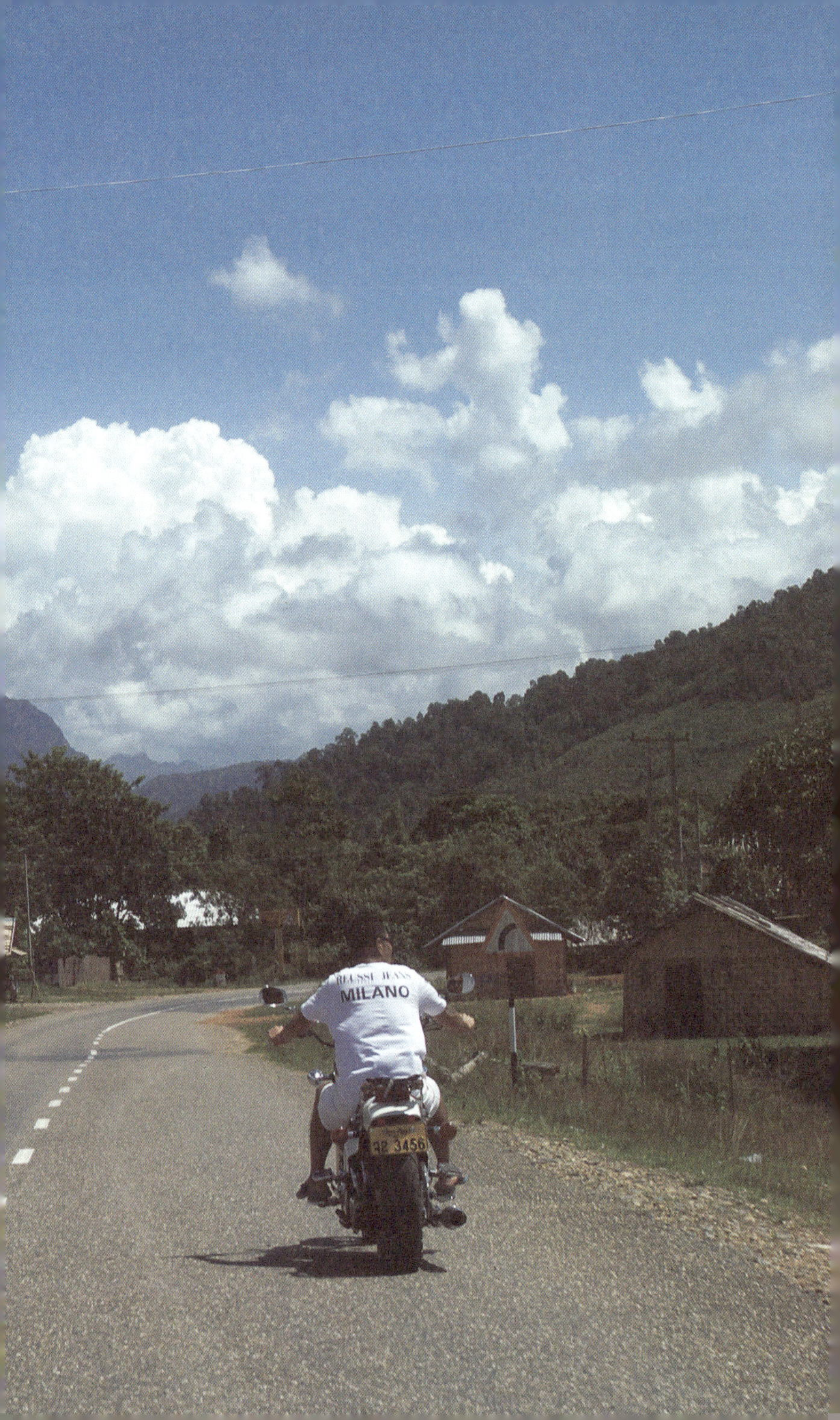
MILANO

단다. 하지만 이제 그 자신이 한국에서 살기가 힘들어졌다. 답답하고 숨이 막히더라는 것이다. 그래서 다시 떠나 지금껏 동남아시아를 맴돌며 살고 있다고 했다.

"친구, 내일 꼭 가야 하나? 내가 오리백숙 살게."

알고 보니 그는 나와는 동갑내기였다. 그가 오리백숙을 걸고 우리 부부를 붙잡았다. 길 떠나온 나그네가 '내일 꼭 가야 할 이유'가 있을 리 없다. 그와 동행하는 여행이 시작되었고, 그래서 지금 그는 양손을 어깨보다 더 넓게 뻗어 잔뜩 폼을 잡고선 우리 오토바이 앞에서 달리고 있는 것이다.

미스터 리와의 여행은 재미있었다. 그의 오토바이가 마을을 지날 때면 여자든 남자든 아이든 노인이든 라오스 사람들은 하던 일을 멈추고 쳐다보았다. 그들은 라오스에 단 두 대뿐이라는 그의 450시시 오토바이가 신기했겠지만, 여행자는 주황색 승복을 입은 스님까지도 입을 벌리고 그의 오토바이를 바라보는 풍경이 더 신기하고 정겨웠다.

그렇게 처음 도착한 곳이 어느 몽족 마을이었다. 미스터 리가 그곳 마을의 추장을 알고 지낸다 해서 가 보고 싶다고 한 것인데, 아쉽게도 추장은 출타 중이었고 추장의 아들은 막 오토바이를 타고 어딘가로 나서려던 참이었다. 그런데…… 추장의 아들이 검고 날렵하고 용맹한 말은 아니더라도 80시시 오토바이라니!

내 상상력의 빈곤함을 탓해야 하는 건가?

마을 사람들은 옥수수를 알알이 까서 대바구니에 널거나 베를 짜고, 아이들은 열을 지어 강물에 뛰어들며 놀았다. 그 몸놀림들이 어찌나 싱싱하고 매끄러운지 어쩐지 구릿빛 돌고래 같다고 생각했다.

마을 오솔길을 돌다 보니 제법 넓은 마당이 나왔다. 그곳에도 구릿빛 아이들이 있고, 구멍가게가 있었다. 미스터 리는 동네 꼬마들을 구멍가게로 불러 처마에 매달린 과자봉지를 아이들 숫자대로 떼어내고 하나씩 손에 쥐여 주었다. 진즉에 알아봤지만, 그는 오지랖이 넓다. 그것도 아주 많이.

한번은 어스름이 내리는 시간이었다. 한국인 여성 여행자가 치한으로 보이는 남자에게 쫓기고 있었다. 당연히 그냥 지나칠 수 없었던 우리들의 열혈 사나이 미스터 리는 혜성같이 뛰어들어 그녀를 구출했다. 그리곤 치한의 멱살을 틀어쥐고 연약한 여성을 괴롭히는 이유를 다그치는 순간이었다. 그때 어디선지 득달같이 경찰들이 몰려왔고, 다짜고짜 그를 두들겨 패기 시작했다. 흠씬 매를 맞고 경찰서로 끌려간 그는 비로소 자신이 무슨 짓을 한 것인가를 알게 되었다. 그가 혜성처럼 뛰어들어 구해 준 여성은 이른바 대마초 혐의를 받는 도망자였고, 이를 추격하던 치한은 다름 아닌 마약사범을 단속하던 라오스 사복경찰이었던 것이다.

이야기는 또 있다. 그가 묵고 있는 게스트하우스 맞은편에는 식탁 서너 개에 지붕만 얹은 작은 식당이 있다. 그곳 요리는 단 한 가지, 돼지 볼살을 숯불에 구워 미리 삶아 둔 국수사리와 함께 내는 거였다. 그는 식당을 운영하는 젊은 부부를 위해 한글로 '돼지 볼살 숯불구이가 맛있는 집'이라고 간판을 써 주었다. 그 뒤로 한국인 배낭여행자들로부터 제법 소문도 나게 되었다.

그런데 그 집에 초등학생 아들이 하나 있는데 고것이 라오스의 다른 아이들처럼 엄마 일을 돕기는커녕 말썽만 피우고 다니는 모양이었다. 마침 녀석의 소원이 하나 있었으니, 그것은 수도 비엔티안으로 나가 놀이기구를 한 번 타 보는 거였다. 이를 알게 된 우리의 미스터 리. 그 오지랖이 어디 가겠는가. 그 녀석의 소원을 들어주기로 하고, 대신 힘든 엄마를 위해 식당일을 돕겠다는 꼬마의 약속을 받아 낸다. 그것이 꼬마가 지금도 그를 삼촌이라고 부르는 이유다.

몽족 마을에서 나왔다. 다시 오토바이를 타고, 배로 강을 건너고, 또 한참을 오솔길을 걸어 도착한 곳이 탐남_{Tham Nam}이었다. '탐남'의 뜻은 '물의 동굴'이다. 그래서 여행자들은 워터 케이브_{Water Cave}라고 부른다. 한국의 방송에도 몇 차례 소개되었다는데, 튜브를 타고 동굴 탐험을 하는 곳이다. 여기가 바로 미스터 리가 약속한 오리백숙을 먹을 장소다.

북적거리던 서양여행자들이 머리에 헤드랜턴을 하나씩 두르고 동굴로 들어갔다. 한적해진 식당에서 그는 라오 비어를 홀짝이고, 아내와 나는 물속에 몸을 맡겼다. 한 시간이나 지났을까. 주문해 둔 오리백숙이 나왔다. 일러두자면, 오리백숙은 메뉴에 있는 요리가 아니다. 그가 직접 주인장에게 비법을 전수한 것으로, 찾는 사람은 일주일에 한 번 오토바이를 타고 와서 한나절쯤 지내다 가는 그가 유일하다. 맛은? 라오스 이국땅에서 오리백숙이라니……, 두말하면 잔소리다.

저녁은 내가 사겠다고 했다. 게스트하우스의 토미 부부도 합석했다. 돼지 볼살 숯불구이 두 접시를 앞에 두고, 그가 속내를 털어놓았다. 자기는 방비엥이 이상하게 좋단다. 그래서 한동안 살아볼 궁리를 하고 있다는 것이다.

"통닭이랑 팥빙수를 할까 하는데… 어때?"

"좋지! 근데 너, 배달이 포인트다."

아내와 내가 호응을 해 주자 그는 반색을 하며 나섰다.

"물론 알지~! 네 생각에도 이거 될 거 같지?"

"야, 문제는 네 옆구리야. 옆에 사람이 필요해. 라오스 아가씨들 참하던데."

그는 태국에서 그곳 대학생과 열애를 했었다고 한다. 그런데 힘들었단다. 아무리 태국 말을 열심히 배워도 자기 자신을 다 이해시킬 수도, 위로를 받을 수도 없더란다. 그래서 만약 다시 연애를 하고, 또 결혼을 한다면 한국 여자와 하고 싶다는 것이다. 조금은 알 것 같다. 한국이민자들이 20~30년이 지나도 한국드라마를 보고, 그것으로 눈물을 흘리고, 그렇게 모국어에 실어 삶의 애환을 풀어내는 것도 다 같은 이유일 테니까.

돼지 볼살 숯불구이를 몇 점 남겨 두고 자리를 털고 일어났다.

"잘 가라. 또 보자고!"

그는 단 두 마디로 냉정하게 돌아섰다. 외로운 사람들의 특징이기도 하다. 헤어짐에 단호한 것. 잘 아는 것이다. 곧 돌아갈 이들에게 길 위에서의 우연한 만남이란 추억으로 남는 사진 한 장일뿐일지도 모른다는 것. 복잡한 일상에 지친 어느 날 기억의 창고 저 편에서 우연히 꺼내 보게 되는 사진 한 장⋯⋯.

이미 등을 돌려 걸어가는 미스터 리에게 내가 소리쳤다.

"맛있었어~!"

"뭐라고?"

"맛있었다고, 오리백숙!"

그는 아아, 하더니 씨익 웃고는 두 손가락을 반듯이 펴서 잘 가라는 인사를 했다.

포토 에세이 7

여행자

여행처럼 흘러가며 사는 것도 좋을 거야.
속도도 시간도 비켜설 수 있다면.
아무리 복잡한 세상이어도
여행자의 눈으로 보면, 그래도 살 만할 테니까.
강물처럼.

어린 호박순을 사라고요?

버스는 오랫동안 오지 않았다. '아침나절에 두어 번은 다니겠지'하고 어림잡아 나오긴 했어도 도로변에 앉아 마냥 기다리자니 덥고 지루하고 힘들었다. 짐 보따리와 닭과 사람들을 가득 실은 송태우가 가끔씩 멈추어 섰다 떠나곤 했을 뿐이다.

"어디까지 가는 걸까?"

아내는 궁금해서인지 걱정스러워선지 알 수 없는 목소리로 중얼거렸다. 쌀이나 다른 곡식이 들었을 가마니들을 하나 둘 셋이나 싣고 어린 남매 둘을 먼저 태우고 마지막으로 젊은 엄마가 송태우에 올랐다. 길 건너편에서 한 시간 가까이 우리와 함께 기다리고 섰던 그들이다. 손을 흔들어도 수줍게 웃기만 하던 귀엽고

예쁜 아이들. 그들 눈에 우리 부부는 어떻게 보일까. 더운 여름 날 서로 마주 보며 버스를 기다렸던 이방인들이 그들에겐 어떤 기억으로 남을까.

그 뒤 한 시간이 더 지나서야 루앙프라방 행 버스가 왔다. 길은 어지럽도록 아름다우면서도 구불구불 배 속을 뒤집으며 험하게 이어졌다. 좀처럼 차멀미라곤 하지 않는 내 배가 위급 신호를 보내기 시작할 즈음 버스는 삼거리가 있는 어느 마을에 멈춰 섰다. 지도상에는 '무앙 푸 쿤'이라고 나와 있었다. 여기서 왼쪽 도로를 잡아타면 산지를 넘고 루앙프라방을 지나 라오스의 북부로 갈 수 있고, 오른쪽 도로로 달리면 한나절 만에 동북부의 휴양 도시 폰사반Phon Savanh에 도착하고, 거기에서 다시 동쪽으로 가면 베트남과의 국경에 다다를 수 있다고 했다. 라오스 국토를 가르는 그 중요성에 비해 갈림길은 지나치게 수수했다.

시장이 열리고 있었다. 인근 산골에서 들고 왔음이 분명한 채소랑 과일들이 학교에 처음 들어간 초등학생들 마냥 길을 따라 삐뚤빼뚤 잉증맞게 줄을 섰다. 몇몇 사람들이 내렸고, 그 사이 대나무 바구니를 머리에 인 아이들이 버스에 올

랐다. 바구니 속에 담긴 것은 삶은 옥수수나 바나나였고, 그도 아니면 아이스박스에서 막 꺼내 송골송골 물방울이 맺힌 음료수였다.

차창 밖에도 대나무 바구니를 머리에 인 여인들이 서 있었는데, 그중 한 여인이 차창 밖으로 얼굴을 내민 나와 눈을 마주치고는 재빨리 달려왔다. 그러고는 뭔가를 머리 위로 들어 올리는데, 바나나 잎에 싸인 어린 호박순이었다. 순간, 난감했다. 집 떠난 여행자가 호박순을 사다가 어떻게 하라는 거지? 혹시 라오스에선 생으로도 먹나? 어떡해, 사? 말아? 잠시 갈등하는데, 그녀가 풋 웃었다. 쑥스럽고 미안해하는 얼굴빛을 보아하니 나를 라오스 현지인으로 오해했던 모양이다. 사실 거울 볼 일 없어 모르긴 해도 새까맣게 그을린 얼굴에 수염까지 엉망으로 자랐으니 그녀의 오해가 무리도 아닐 것이다.

방비엥에서 루앙프라방 가는 버스는 많고 많았다. 방비엥의 그 많은 여행사마다 투어리스트 버스 티켓을 팔았다. 지금 우리가 타고 있는 현지 버스에 비하자면 10,000~20,000킵, 즉 우리 돈으로 2,000~3,000원만 더 주면 숙소 앞으로 픽업까지 나온다 했다. 그럼에도 언제 올지 모르는 현지 버스를 타기 위해 가방을 부려놓고 몇 시간씩 기다리는 수고를 마다 않는 데에는 나름의 이유가 있다. 라오스라는 한 나라 안에서도 여러 개의 시공간이 있어 여행자에게 보여 주는 시공간과 현지인이 살아가는 시공간이 서로 다를 수 있기 때문이다.

담배를 태우던 사람들이 들어오자 버스는 다시 출발했다. 아이들은 어느새 머리에 인 바구니를 바닥에 내려놓고 그들 본연의 모습으로 뛰어놀고, 자칫 여행자에게 어린 호박순을 팔 수도 있었을 라오 여인은 수줍은 미소를 짓고 서있었다. 창을 열고 그녀에게 손을 흔들었다.

"고마워요~!"

생각해 보면 여행이란 잠시라도 현지인이 되어 보는 것이다.

라오스에서 비

라오스의 비는 몰래몰래 내린다. 매일 아침 눈을 뜨면 거리가 젖어 있지만, 본 적도 소리를 들은 적도 없었다. 게다가 아침이면 하늘은 구름 한 점 없이 쨍하다. 혹시나 라오스 사람들이 아침마다 길에다 물을 뿌려 두고 시침을 떼는 것은 아닐까, 숙소 직원에게 물어본 적도 있었다. 그들은 4월 새해 물 축제 때라면 몰라도 지금은 그럴 리가 없다며 웃기만 했다. 그래서 나는 라오스의 비는 수줍음을 타는 모양이라고 생각했다.

그 뒤 몰래 다녀가는 라오스의 비를 처음 본 것은 방비엥에서였다. 라오스에 입국한 지 열흘쯤 되던 날이었다. 그날 새벽, 여섯시나 되었을까, 쏴아아 하는 소리에 놀라 눈을 번쩍 뜬 것이

다. 맨발로 2층 객실 끝에 있던 발코니로 뛰어나갔다. 내겐 밤손
님 같던 비가 내리고 있었다. 빗줄기가 한 올 한 올 선명하게 다
보이도록 세차고 굵은 비였다. 따다다다따당. 따당땅땅. 길 건너
가게들의 양철 지붕을 때리는 소리가 어찌나 경쾌한지 피아노 건
반 소리 같았다. 나와 같은 마음인지, 앞집 가게 식구들이 조르
륵 처마 밑에 서서 빗소리를 듣고 있었다. 그래서 나는 라오스의
비는 피아노 건반 소리처럼 경쾌하다고 기억하기로 했다.

그런데 이곳 루앙프라방에 도착하던 날에는 대낮에 비가 내렸다. 하루 종일 험한 산들을 넘고 넘어 루앙프라방을 한두 시간 정도 남겨둔 지점이었다. 별안간 비가 내렸고, 버스는 좁은 길을 따라 대나무 집들이 형성되어 있던 작은 마을을 천천히 지나고 있었다. 마을 사람들은 저마다 처마 밑이나 큰 나무 아래로 세찬 비를 피해 들어갔다. 차창 밖으로 우리들 시골집 툇마루처럼 생긴 좁고 긴 마루 끝에 앉아 있는 두 아이가 보였다. 열두어 살쯤 되어 보이는 여자아이는 갑자기 내린 비에 젖어 버린 긴 머리카락을 한쪽 어깨 아래로 늘어뜨려 뚜룩 빗물을 떨어냈고, 동생으로 보이는 사내아이는 손바닥을 뻗쳐 처마 끝에서 떨어지는 빗방울을 튀겨 부챗살 모양으로 피워 올리고 있었다. 두 아이의 움직임이 비와 함께 참 맑았다. 그날 나는 라오스의 비는 느닷없고, 그래서 그 안에 맑은 이야기가 생겨난다는 것을 알게 되었다.

사실 그날 버스에서 내려 빗속을 걷고 싶었다. 하지만 그럴 수가 없어 차창에 코를 박고 아쉬워만 했었다. 그런데 드디어 오늘 루앙프라방에 아침 내내 비가 내린 것이다. 아내와 나는 반바지에 조리를 신고 아이처럼 철벅철벅 빗길을 걸어 다녔다. 시장에서 과일과 빵을 사고도 한참을 돌아다녔다. 흥

에 겨워 카페에서 비를 구경하는 여행자들에게 손을 흔들기까지 했다.

일상에서의 나는 이렇게까지 비를 좋아하는 사람은 아니었다. 비가 성가실 때도 많았다. 내리는 비를 뚫고 특별히 해야 할 일이 있거나, 바쁘게 가야 할 곳이 있을 때가 특히 그렇다.

그런데 라오스에선 그냥 비가 좋았다. 몰래 내리는 비도 좋고, 느닷없이 쏟아 붓는 비도 좋으며, 아침부터 내내 내리는 비도 좋다. 특별히 서둘러야 할 일이 없는 여행자의 신분이란, 마냥 비가 좋아지게 한다. 우산을 썼어도 그만, 안 썼어도 그만, 비를 맞아도 그만, 빗물이 허벅지까지 튀어 올라도 그만이다.

그래서일 것이다. 내 기억 속에 라오스의 비는 여행자의 냄새가 묻어 있다.

그날 하루, 시간이 멈춘 골목길에서

루앙프라방의 하루는 눈부시다. 비단 눈부시게 맑은 날이 많아서가 아니다. 골목길 때문이다. 몇 년 전까지도 내가 노래방에서 제일 잘 부르는 십팔번이, "골목길 접어들 때에 내 가슴은 뛰고 있었지."라고 시작하는 신촌블루스의 〈골목길〉이었다. 그만큼 나는 골목길을 좋아한다.

하루는 더위를 먹은 아내는 게스트하우스에서 쉬고 있었다. 나홀로 우체국에 들러 한국에 있는 가족과 친구들에게 엽서를 부친 후에, 어슬렁거리며 골목길을 돌아다니기 시작했다.

루앙프라방은 라오스 최고의 고도古都답게 품위 있으면서도 정갈했다. 프랑스 식민 시대에 지어졌을 유럽풍 건물들의 창호가

예뻤고, 모퉁이를 돌 때마다 보이는 사원이 파란 하늘과 잘 어울렸다. 골목마다 수북수북 내려앉은 정오의 빛과 그림자는 절반씩 그 영역을 나누어 차지하고선, 자전거나 빨래와 같이 그곳 골목길에 서 있는 것들에게 흑백의 명암이 주는 지극하고도 단순한 아름다움을 선사하고 있었다. 뭐라고 할까. 그 골목길을 걷고 있으면 우리들의 인생사라는 게 그리 복잡하지도 어렵지도 않을 것만 같은 이상한 느낌이 있었다.

나는 세계의 많은 도시들을 다녀 보았다. 골목길에도 제각각의 얼굴이 있고, 냄새가 있다. 이를테면 인도 바라나시의 골목길은 단연 지상에서 최고 수준의 미로다. 그 시작과 끝을 감히 감지할 수 없을 만큼 복잡하고도 신비롭다. 길은 넓은 곳이라야 두세 사람이 겨우 지나갈 만큼 좁은데도 늘 사람과 자전거와 소들로 뒤엉켜 있으며, 아무런 규칙도 경고도 없이 꺾어지며 얽히고 설켜 돌아간다. 소똥과 가래침과 온갖 쓰레기가 골목마다 나뒹굴지만, 향료와 비단과 장식품들의 향기로움 또한 가득하다. 몇 번이나 지나다녔던 길도 잃어버리기 일쑤지만, 또 길을 찾아 헤매다 보면 어느새 제자리에 돌아와 있다. 아는 길이라 생각할 땐 잃어버렸고, 잃어버렸다고 당황해할 땐 아는 길이 내 눈앞에 불쑥 나타나곤 했던 것이다. 이렇듯 바라나시의 골목길은 우주에 어떤 질서가 부여되기 이전에 존재했던 혼돈의 세상인 양 내게 신비로움의 얼굴로 기억된다.

또 하나의 인상적인 골목길은 이란의 야즈드였다. 무려 2,500년 전에 만들어졌다는 이 도시와 골목길은 모래바람이 적잖이 부는 날이 제격이다. 그 오래된 모래도시는 길과 집과 담벼락이 모두 모래색으로 하나여서, 거센 모래바람이 불어닥칠 땐 그 바람이 지나가고 나서 조심스레 눈을 뜨면 세상 모든 것들이 사라지고 없을 것만 같았다. 그날 길 끝에서 온 몸에 까만 차도르를 두르고 걸어오던 이슬람 여성을 보며 검은색이 세상에서 얼마나 강렬한 색인지를 알게 되었다. 그리고 모래세상으로부터 걸어 나오던 그를 보며 '어쩌면 삶이란 힘겨워서 아름다울 수도 있겠구나.'라고 생각했던 것 같다.

그러고도 더 많은 골목길이 기억에 남아 있다. 물길과 땅길이 지중해 어부의 그물코처럼 만나고 겹치고 헤어지기를 반복하여, 삶의 변주곡 같았던 베네치아의 골목길들. 인체 모형에서 온갖 핏줄이 사람의 몸을 휘감고 있듯이 검은 전깃줄이 도시를 휘감아 돌며 완전히 장악해 버린 것 같았던 호찌민의 골목길. 그리고 걷고 있는 것만으로도 도시의 모든 역사와 낭만과 우울과 사랑을 다 이해할 수 있을 것 같던 살아 있는 중세도시 프라하의 골목길. 이 모든 골목길에는 제 각각의 얼굴이 있고, 냄새가 있고, 이야기가 살아 있었다.

묵고 있던 게스트하우스와는 반대쪽 길을 택했다.

"할로우 뚝!"하고 아침나절에 귀엽게 호객하던 어린 툭툭 운전사가 운전대 위에 발을 걸어둔 채 곤히 잠들어 있다. 그 아래 골목길로 접어들자 담벼락 그늘 아래에서 어미 고양이가 잠든 새끼 고양이를 가만히 핥아 준다. 또 그 맞은편에서 향신료를 파는 노점의 할아버지 역시 한잠이 들었다.

다시 골목길을 바꿔 돌아서니 제법 규모가 큰 사원이 나온다. 사원 마당 가장자리에 북 치는 망루가 있어 오른다. 백팔 번 북을 치다 잠이 들었을까, 스님의 잠든 얼굴이 더없이 평화롭다. 여

기가 이 사원에서 가장 시원한 곳인 모양이지? 고개를 들어 하늘을 본다. 정오의 뜨거운 태양이 루앙프라방의 하늘 한 가운데에 그대로 멈춘다. 눈이 부시다. 온 세상이 오수午睡의 시간인 것처럼 적요하다. 모두가 잠이 들고, 여행자 홀로 깨어 있다. 이상하게도 세상의 모든 것들이 멈춘 상태에서 나만 또렷이 깨어 그 모든 것들을 인지하고 있는 것만 같다. 정말이지 이상하다.

여행자는 이제 마법에 걸린 듯 골목골목을 쏘다닌다. 얼마의 시간이 흘렀을까. 아버지와 어린 두 아들이 황톳빛 강물 위에 배를 띄우고 고기를 잡고 있다. 한 녀석은 고기잡이보다는 둥그렇게 파문이 되어 퍼져 나가는 물결 만들기에 더 흥미를 가진 모양이다. 그리고 깡마른 남자가 골목 어귀에서 옥수수를 팔고 있던 모녀를 오토바이 뒷좌석에 태우고 있다. 맞은편에선 땀을 비 오듯 흘리면서도 두 꼬마를 앞세우고 자전거투어 중인 금빛 머리의 여성 여행자가 나를 보며 지나간다. 우산을 쓰고 집으로 향하는 꼬마 스님들이 귀엽다. 툭툭에 탄 어느 커플 여행자는 운전사를 대신해서 호객을 하고 있다. 아마도 그들의 목적지는 버스터미널일 테고 네 명이 차지 않는 한 툭툭은 달릴 수 없다고 운전사가 말했을 것이다. 더위에 지친 커플 여행자는 이참에 툭툭 호객을 전담하는 조수로 전격 나섰을지도 모를 일이다.

이 모든 풍경들이, 아주 느리게 펼쳐졌다. 시간이 멈춘 듯이 흘러가고 있었다. 마치 정지한 장면들을 앞에 두고 누군가 소곤소곤 이야기를 들려주는 것만 같았다. 그날 하루, 시간이 멈춘 루앙프라방의 골목길에서 보낸 한나절을 오랫동안 잊지 못할 것이다.

돌고 도는 대나무 밥통

새벽, 그녀는 라오스 전통의상으로 예쁘게 차려입었다.

"사바이디!"

"오늘도 나왔네요."

말할 때 살짝 웃는 얼굴이 예쁘다. 물론 대부분 라오스 사람들이 그렇다. 말을 안 하고 있을 때는 무료하고 딱딱해 보이다가도 미소를 지을 때면 세상을 온통 환하게 만든다.

오늘도 그녀는 '찐 밥'이 든 대나무 밥통을 늘었고, 난 사진기를 들었다. 그녀는 게스트하우스 바로 앞 사거리 바닥에 하얀 천을 깔았다. 그러곤 무릎을 꿇고 앉는다. 맞은편 건물의 인도 식당 주인장도 벌써 나와 있다. 골목길마다 한두 사람씩 띄엄띄엄

등장하고, 길은 점점 경건한 공간으로 변화한다. 저마다 펼쳐 둔 찐 밥과 바나나와 그 밖의 과일과 음식물들 때문에 어느 시장의 좌판 같다가도 그이들의 몸짓에 스며 있는 어떤 경건함이 이곳을 길 위의 사원으로 만들고 있다. 드디어 저 멀리 골목 끝에서 주황색 물결이 꾸물꾸물 시작된다. 1년 365일 단 하루도 멈추지 않는 탁밧 행렬이다.

그녀는 이곳 루앙프라방에서 아내와 내가 묵고 있는 게스트하우스의 주인장이다. 게스트하우스는 아주 아담해서 작은 마당을 가진 2층 건물에 아래위로 방 세 개씩 달린 것이 다였다. 그런데도 며칠을 지내는 동안 이 작은 호텔이 꽉 차는 것을 본 적이 없다. 라오스 최고의 관광지인 루앙프라방도 비수기를 지나갈 순 없는 모양이다. 하지만 그녀는 그딴 것들에는 관심이 없는 사람 같았다. 새벽이면 탁밧을 하고 하루 종일 있는 듯 없는 듯 프런트를 지키다가, 저녁때가 되면 강을 따라 거닐다가 돌아왔다. 참으로 단순하고도 고요한 삶이다.

반면 숙소에 머무는 몇 안 되는 여행자들은 바쁘다. 특히 우리 옆방에 있던 프랑스에서 온 커플이 유난히 부지런하다. 하루에도 몇 번 왔다 갔다 하며, "트래킹을 다녀왔어요." "보트투어를 했죠." "사원이 정말 아름다워요."라고 자신들의 부지런함을 자랑했다. 또 한 쌍은 미국에서 온 흑인 커플이었는데, 곧잘 두 사람 사이에 말다툼하는 큰 소리가 우리 방까지 넘어오곤 했다. 그러다가도 어느새 호탕한 웃음소리가 나는가 싶으면 하필 우리 방 앞까지 와서 키스를 나누는 별난 이들이었다. 그리고 매일 아침 일찍 나가 저녁 어스름에야 돌아오는 스웨덴에서 온 청년과 발랄하고 수다스런 이탈리아 여인이 더 있었다.

게스트하우스에 묵고 있는 이런 다양한 사람들을 한꺼번에 다 볼 수 있는 유일한 시간이 있다. 그때가 바로 지금, 새벽 탁밧을 하는 시간이다.

주황색의 탁밧 행렬이 시작되자, 공양을 하는 라오스 사람들

뿐만 아니라 이를 구경하러 나온 여행자들도 늘어난다. 일부는 물끄러미 길옆에 섰고, 일부는 나처럼 카메라를 들고 분주하다. 그중에는 한국인처럼 보이는 단체 여행자들도 있다. 그들 앞에는 한 라오스 남자가 오늘이 무슨 특별한 날인지 몇 상자나 되는 음식을 충충이 쌓아두고 공양을 하고 있다.

그 옆에 앉은 한 여성이 눈에 띄었다. 금발의 서양인이다. 복장으로 보아 이곳에 사는 주민이라기보다 그녀 또한 나처럼 여행자 같았다. 그녀의 몸짓은 경쾌하고 발랄했다. 색다른 경험에 대한 호기심으로 가득 찬 두 눈이 반짝였다. 나는 그녀 역시 다른 여행자들처럼 준비한 공양 음식이 떨어지면 곧 자리에서 일어날 거라 생각했다. 그런데 그녀는 상인들이 준비해 온 음식을 계속해서 추가로 구입했다. 더 많은 주황색의 물결이 지나가고 더 많은 카메라 셔터의 찰칵 효과음이 반복된 후에도 그녀는 여전히 그 자리에 앉아 있었다. 점점 그녀는 무엇엔가 빠져들었고, 이제 웃음기 든 얼굴은 가고 진지한 눈빛이 안면에 가득했다. 사진기 뷰파인더를 통해 그 기운은 내게도 고스란히 전달되었다.

탁밧 행렬에는 아직 아기 티를 채 벗지 못한 어린 스님들도 있었다. 그리고 공양 줄에서 10여 미터 떨어진 곳에는 그들 또래의 다른 꼬마들이 앉아 있었다. 그들의 얼굴에는 땟국물이 흐르고 행색은 더없이 꾀죄죄했다. 그런데 그들 앞에 놓인 대나무통은

처음부터 비어 있었다. 어린 스님들이 그 앞을 지나면서 자신들이 공양받았던 찐 밥과 과일이나 과자 등을 꺼내어서는 바닥에 놓인 또래 아이들의 빈 대나무 통을 채워 준다.

탁밧은 스님들의 삶의 방식이다. 스스로를 보잘것없는 존재로 낮추는 수행의 길이라고 한다. 그리고 시민들에게 탁밧은 공양을 하며 마음의 위안과 평화를 얻는 종교적인 의식이다. 그런데 거기에 또 하나의 의미가 더 있었던 것이다. 거리의 아이들과 같이 절대빈곤의 위기에 놓인 이들이 살아갈 수 있는 길이기도 했던 것이다. 이는 서양처럼 이렇다 할 복지제도를 갖추지 않고서도 공동체가 유지될 수 있는 방법이었던 셈이다. 매일 아침 공양 음식은 우리 게스트하우스의 주인장과 같은 시민들의 손에서 스님들의 발우 속으로, 다시 거리 아이들의 대나무 밥그릇으로 돌고 도는 것이다.

탁밧이 끝났다. 어린 스님들도 모두 사라지고, 빈 바구니를 가득 채운 거리의 꼬마들도 보이지 않았다. 박스를 층층이 쌓아두고 공양하던 라오스 남자도, 눈빛이 참 맑아 보이던 서양 여성도 총총 자리를 걷고 일어났다. 이제 그들 모두는 또 오늘 하루를 살아 내려 어딘가로 향할 것이다. 누군가는 시장으로, 또 누군가는 학교로, 아내와 나 같은 여행자는 아침밥을 해결하고자 식당으로, 내일 새벽이면 다시 찐 밥 대나무 밥통을 들고 어김없이 이

자리에 앉아 있을 우리 게스트하우스의 여주인장은 있는 듯 없는 듯 프론트로……. 그렇게 루앙프라방의 하루가 또 시작되고 있다.

덧붙이고 싶은 이야기가 있다.

라오스에 사는 한국 이민자에게 탁밧 때문에 라오 사람들이 그토록 착하고 아름다운 미소를 가진 것 같다고 내 느낌을 말한 적이 있다. 그런데 그의 생각은 꼭 그렇지가 않았다.

여행자의 눈에 착하게 보이는 것과는 달리 함께 생활하는 입장에서는 좀 멍청하고 게으르고 답답하다는 것이다. 여행하는 것과 사는 것은 다르다는 의미다. 맞는 말 같다. 여행자의 시각과 이곳에서 살아가는 이주민의 시각은 다를 수밖에 없을 것이다. 이주민의 시공간이 현실이라면, 여행자의 시공간은 꿈일 수도 있다. 누군가 말했듯이 내가 타고 있는 배를 제외하고 모든 바다에 떠 있는 배는 낭만적으로 보이기 마련이다. 그래서 현실을 너무 잘 아는 이는 여행을 떠날 수 없을지도 모른다. 어딜 가든 또 하나의 현실이 있는 한 여행은 그저 소비 행위일 뿐일 테니까.

나 역시도 여행자의 눈에 비친 라오 사람들의 모습이 다가 아님을 알고 있다. 그럼에도 나는 여행자의 시선으로 세상을 보고, 여행자의 시공간에 머물고 싶다. 아무려나, 잠시 현실을 좀 보지 않아도 괜찮을 것 같다. '그동안 넘치게 현실을 보고, 넘치게 현실을 살아왔으니 1년에 한 달쯤, 한 달에 하루 이틀쯤, 현실을 못 본 척 살아보는 것도 좋지 않을까…….' 하는 것이 내 생각이다.

포토 에세이 8

강가에서

메콩 강으로 해가 진다.
잿빛 구름을 남긴 채. 황토 빛 물결도 검게 그림자를 드리우고.
하나 둘 켜지는 불빛이 강물에 비친다.
귀를 막으면 고요 속에 더욱 진한 순수함 안으로 빠져들겠지.
각각의 연에 따라 움직이는 사람들. 돌이켜 보고 미소 지을 수 있다면……
It's not bad.

엽서 이야기2

사진을 정리하다 내가 쓴 엽서를 보았어요.
끔찍하게 힘든 하루였나 봐요.

오늘은 여행을 떠나 제일 힘든 날이다. 여덟 시간 넘게 고산지대의 산길을 오르내리며 달렸다. 머릿속 뱃속 할 것 없이 내 안의 내용물을 몽땅 뒤집어 놓은 것처럼 어지럽고 멍하다. 이런 날이면, 난 왜 길 위에서 사서 고생을 할까, 스스로에게 묻곤 한다. 그리고 집이 그리워진다. 일상도, 그곳에서의 벗들, 인연들도… *(후략)*

루앙프라방에서 폰사반 가는 길이었죠.
한 라오 청년이 '뱀 같은 길'이라고 표현했었거든요.
길이 어떻게 그토록 꼬불거릴 수 있는지, 머리와 다리가
한쪽으로 쏠릴 때마다 의자에서 튕겨 나가지 않으려고 애써야 했고요.
그런 날이면 여행자는 어쩔 수 없이 집이 그리워져요.
왜 이렇게도 멀리까지 떠나왔을까…….
그리곤 걱정이 그리움을 등에 업고 고개를 듭니다.
집 텃밭에 오이가 많이 달렸을 텐데, 호박은 어디로 줄기를 뻗었을까,
토마토는 너무 많이 열려 지주대가 쓰러지지는 않았을까,
장맛비에 물이 집 안으로 들이차지는 않았을까.
떠나고서야 집이 그리워지고 일상이 소중해지는 이치인가 봅니다.

1923
MONTMARTRE
11
PARIS
11 FEVR H 9
EXPOSITION UNIVERSELLE
JUILLET 1900
PARIS
EXPOSITION UNIVERSELLE
3735
À L'ÉTOILE
S D
PARIS
DÉPOSE
No 17807
GRAND CHOIX
PRUNGNAUD Fils
4, Boul. de l'Hôpital — PARIS
de PIANOS NEUFS
ET D'OCCASION
MUSIQUE ANCIENNE & M
Maison Fondée en 1847
J.-P. DELO
ÉDITEUR
PAR AVION
via aerea
AIR MAIL
TUNIS
3h 22 SEPT 95
RÉGENCE DE TUNIS
PARIS
MARSEILLE
5d 20 95
BOUCHES DU RHÔNE
1900
17a
AGRANDISSEUR
Bté S.G.D.G.
PARIS
MUSIQUE INSTRUMENTS
D'ANTHOINE
174
Paid
5 CENTS
H.W.SMITH
P.M.
CAILO A. FICCIOLI
NEGOZIANTE - COMMISSION
LIVORNO
PARIS
10 4 XI 1921
MONTMARTRE
No 1411 bis
DEMANDE DE MANDAT
à remplir par le public
EXPÉDITEUR:
À L'ÉTOILE
S D
PARIS
DÉPOSE
EXPOSITION UNI

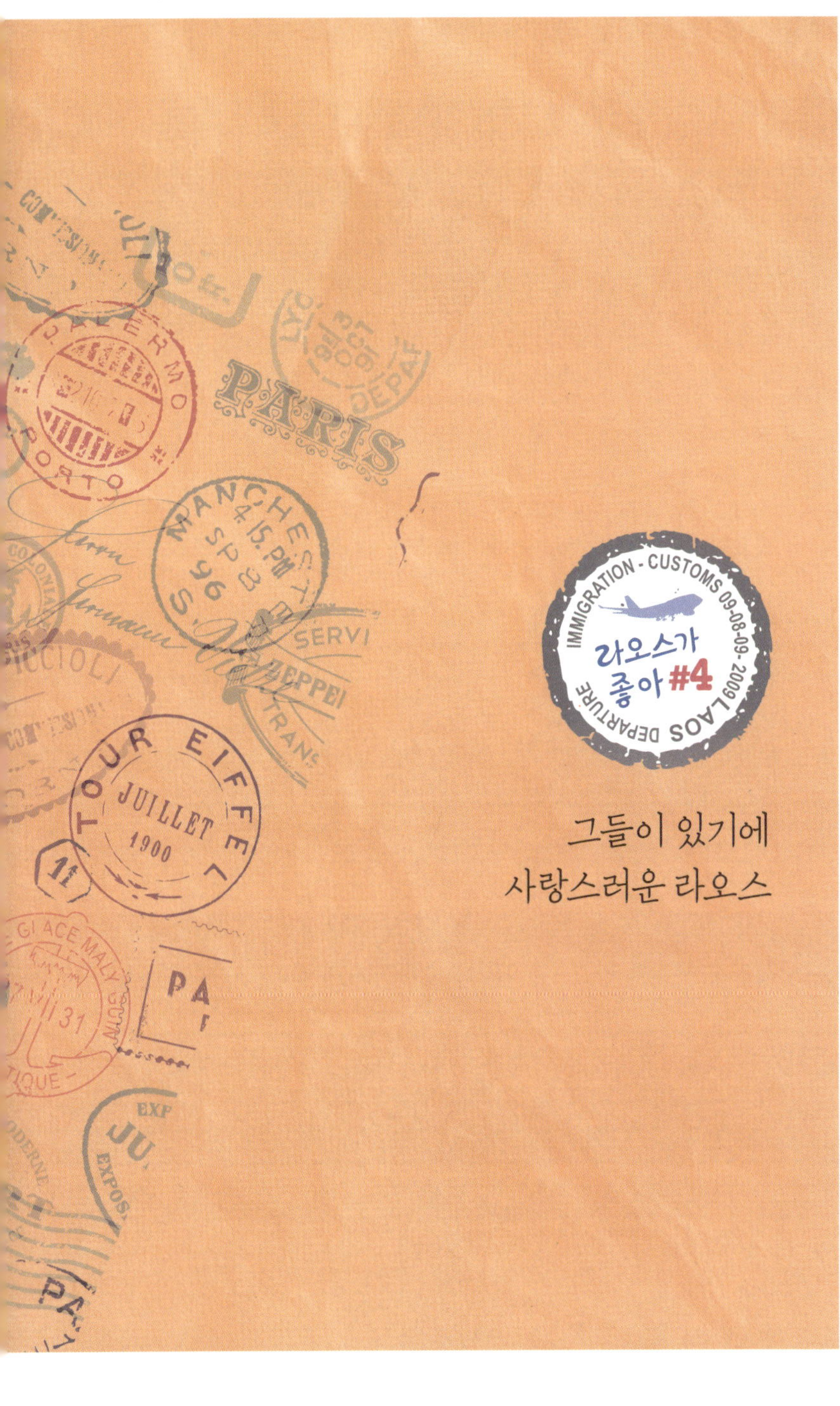

그들이 있기에
사랑스러운 라오스

아이들은 놀기 위해 세상에 온다

비가 내렸다. 새벽시장에서 열대 과일과 찐 옥수수를 사다 먹었다. 한 시간쯤 비 내리는 걸 보다가 다시 자고 일어났지만 여전히 비가 내렸다. 식당에 나가 아침을 사 먹었다. 비는 멈출 것 같지 않았다. 오히려 빗줄기가 더 굵어진 것 같았다. 아무래도 '항아리 평원'은 이번 여행과는 인연이 없는 모양이라고 생각하기로 했다. 이처럼 세찬 빗속에서 오토바이를 타고 비포장 길을 달리는 건 좋은 생각이 아니다.

'항아리'를 포기하고 나니 빗속을 걷고 싶어졌다. 하늘색 우비를 꺼내 입고 노랑 조리를 신고서 철버덕, 게스트하우스를 나섰다. 마을길을 따라 걷다가 내친 김에 3킬로미터가 조금 넘는 버

스터미널까지 다녀오기로 했다. 그것으로 여행사에서 버스표를 끊는 것에 비해 1인당 22,000킵, 그러니까 우리 돈으로 3,000원 정도씩을 버는 거였다. 맨발에 차이는 빗물이 시원했다. 도심을 벗어나자 논과 푸른 구릉이 나오기 시작했다.

한 시간쯤 걸었을까. 빗소리 사이로 아이들의 재잘거림이 전해졌다. 초등학교였다. 점심시간인 모양인지 아이들이 와글와글 뛰어놀고 있었다. 친절하게도, 한 여자아이가 철문을 열어 주었다. 들어오라고 손짓하는 아이의 어깨 너머에서 대여섯 명의 아이들이 고무줄 놀이를 하고 있었다.

나는 뒷짐을 진 채 먼 산을 보며 무심한 척 슬며시 다가갔다. 그러곤 잽싸게 고무줄을 한 번 뛰어넘고는 반응을 지켜보았다. 아이들의 눈이 똥그래졌다. 그래서 다시 한 번 뛰어넘었다.

"우와~!"

웃음이 터졌다. 관중들의 스포트라이트를 받아 제법 우쭐해진 나는 이번에는 두 번 연속해서 고무줄을 뛰어넘었다. 나름대로 난이도가 높은 재주넘기를 시도한 것이다. 그러나……, 딸깍 발끝이 살짝 고무줄에 걸리는가 싶더니 그 순간 내 몸이 공중으로 휘익 날았다. 이런……. 아마 그때부터였을 것이다. 아이들이 나를 추종(?)하기 시작한 것은. 엉덩이의 희생으로 얻은 대가치고는 나름 괜찮았다.

벽에 붙은 아이들의 성적표가 눈에 들어왔다. 한 남자아이에게 네 이름은 어디 있냐고 물었더니 손가락으로 짚어 보이는데, 6등이다. 그 성적표를 카메라로 찍으려는데 렌즈 속으로 불쑥 아이들이 뛰어든다.

"그래, 사진 찍고 싶어? 어디 서 보렴, 찍어 줄게."

성적표 앞으로 모이라고 손짓하는데 그중에서 눈이 크고 덩치도 제법 있는 여자아이 하나가 아이들을 모두 밖으로 내몬다. 자기 딴에는 내가 성적표를 잘 찍을 수 있게 도와주고 싶은 모양이다.

"아니야, 비켜설 필요 없어. 다들 모여 봐, 아저씨가 사진 찍어 줄게, 자~아, 능, 송, 삼, 하면 찍는 거야. 능, 송, 삼……."

'능 송 삼' 이란, 라오 말로 '하나 둘 셋'이다. 막 셋을 세고 사진을 찍으려는데 그 여자아이가 이번에는 아이들 세 명만 남기고 밖으로 나가도록 교통정리(?)를 하고 있다. 내가 세 명만 서라고 한 걸로 오해한 것이다. 녀석을 조수로 들여야 하나? 귀엽기도 하고 우습기도 해서 그 여자아이를 쳐다보자니 조금 전에 늠름하게 아이들을 내몰던 그 터프함은 다 어디 가고 남자아이들 뒤로 쏙 숨어버린다.

그사이에 아내는 아이들에게 둘러싸여 얼굴이 발갛게 달아올랐다. 아이들은 자신이 아는 모든 영어를 동원해 이방인과의 대화를 시도하고 있고, 아내는 바짓단을 잡고 손끝에 매달리고 가슴으로 뛰어드는 아이들의 체온에 달떠 있다. 다가가 카메라를 들이대자, 까만 머리들이 불쑥불쑥 렌즈 속으로 들어와 그 머루 같은 눈동자들을 깜박인다. 정말이지, 세상 그 어디를 간다 해도 아이들보다 더 아름다운 것이 있을까……. 뷰파인더 속으로 들어온 아이들로 인해 여행자는 가슴이 설렌다.

교사가 된다는 것은, 저 아이들의 눈을 오래 들여다봐 주는 것이 아닐까.

교실로 걸음을 옮겼다. 몇몇의 아이들이 걸상에 앉았고, 작은 꼬마 하나가 칠판에 ABCD를 야무지게 쓰고 있었다. 꼬마는 키가 너무 작아 발밑에 나무토막 두 개를 놓고 있었다. 곧 교실 밖에서부터 아이들이 주르륵 따라 들어오면서, 쉬는 시간의 교실이 순식간에 가득 찬다. 뜻하지 않게도 이방에서 온 여행자는 꼬맹이들의 골목대장이 되어 있다.

한번 얼린 이이들의 마음은 이제 감당할 수가 없을 지경이었다. 달려들고, 안기고, 매달리고, 렌즈 속으로 뛰어들고……. 찍은 사진들을 카메라 스크린을 통해 보여 줄 때마다 "와~아!" 탄성을 지르고는 까르르르 끝도 없이 웃어 댔다. 아마도, 나 역시 그랬을 것이다, 저만했을 때에는. 세상 모든 것들이 궁금하고 세상 모든 것들이 놀이가 될 수 있었을 그때에는. 누가 그랬던가. 아이들은 놀기 위해서 세상에 온다고. 낯선 이방인에게 아무런 경계심도 조금의 이해득실도 없이 자신의 가장 밝고 싱싱한 미소를 보여 주는 저 아이들처럼, 우리들 모두에게도 그런 시간들이 있었을 것이다.

어느새 휴식 시간이 끝나고 떠나야 할 시간. "안녕."하고 먼저 인사를 했다.

"Good-bye!"

"사바이디!"

여기저기서 아이들의 인사가 겹쳐졌다. 그때였다.

"See you tomorrow……!"

나의 카메라맨 조수였던 눈이 크고 덩치도 큰 그 여자아이였다. 그런데… 내일 보자니, 내일을 기약할 수 없는 나그네에게. 발걸음이 잠시 굳어졌다. 아마도 아이는 내일이나 모레면 또 다른 놀이에 빠져 비가 주룩주룩 내리던 어느 여름날 오후에 다녀갔던 여행자 부부를 쉽게 잊어버릴지도 모른다. 그러나 그날 눈물 글썽이는 얼굴로 처음 만난 이방인에게 내일 또 보고 싶다는 마음을 전하던 한 아이를 여행자는 오랫동안 잊지 못할 것이다.

게스트하우스로 돌아오는 길. 머릿속에는 아이들의 영상이 남고, 발끝에는 아쉬운 빗물이 채였다. 앞서 가는 아내의 노랫소리가 들린다.

"발맞추어 나가자, 앞으로 가자, 어깨동무하고 가자, 앞으로 가자……."

비는 내리고, 아내는 장난꾸러기 시절 우리들이 그랬던 것처럼 철벅철벅 빗물을 차내며 동요를 불렀다. 한때 그처럼 아름다웠던 우리들의 시간을 지금 막 기억해 낸 것처럼.

두 가지 미스터리

거짓말같이 비가 멈췄다. 오후 두 시. 서두르면 항아리 평원에 다녀올 수도 있을 것 같았다. 오토바이를 빌리고 간단한 간식거리를 준비해서 나섰다.

시내를 벗어나자 폰사반이 왜 라오스 사람들에겐 최고의 휴양지로 꼽히는지 알 수 있었다. 푸른 초원이 넓고 구릉이 부드러웠다. 간간히 호수도 나타났다. 해발고도가 높아 연중 시원한 날씨도 한몫할 것이다.

그런 폰사반에는 미스터리가 하나 있다. 여태 기원이 밝혀지지 않은 항아리 평원이다. 돌로 만들어진 거대한 항아리들이 평원에 놓여 있는데, 그 무게가 보통 600킬로그램에서 1톤에 이르고 가장 큰 것들은 7톤이나 나가기도 한다. 그런 항아리들이 적게는 20여 개, 많게는 250여 개씩 모여 있는 사이트Site가 폰사반 주변에 모두 열두 개나 발견되었다.

그중 250여 개의 돌 항아리가 발견되었다는 'Site 1'에 가 보기로 한다. 염려했던 것보다 길이 좋았고, 간간히 비가 날렸지만 오히려 시원했다. 도착했을 때엔 이미 관람자 대부분이 돌아가고 항아리 평원은 한가한 느낌이었다. 평원으로 들어서자 푸른 초원 사이로 난 오솔길 양 옆으로 항아리들이 나타나기 시작했다.

첫 느낌이 좋았다. 항아리들은 규칙 없이 놓여있었다. 비스듬

히 눕기도 하고, 뒤집어지기도 했다. 세월의 흔적으로 절반 가까이 깨진 놈도 있고, 두세 개씩 붙어 서로 의지하는 놈들도 있었다. 그러나 똑바르게 서 있는 녀석은 하나도 없었다. 부드럽게 오르내리는 구릉과 푸른 초원과 우주에서 떨어진 듯이 군데군데 어색하게 자리를 잡고 선 돌 항아리들 사이에는 이질적이면서도 신비로운 조화가 있었다.

가까이 다가가 항아리 귀를 만져 보고 속을 들여다보았다.

"이 안에 무엇을 담았을까?"

항아리 주변에 마을 사람들이 모여 들었다. 젊은 장정과 아낙들 예닐곱 명이 앞으로 나서고 나머지는 아이들과 함께 둘러섰다. 하얀 수염에 지팡이를 짚은 노인 한 분이 신호를 보내자 7톤이나 나간다는 제일 큰 돌 항아리부터 포도를 채우고 발로 밟기 시작했다. 남은 사람들이 노래를 부르고, 포도를 밟는 발들이 춤을 추듯 흥겨워지고, 몇몇 아이들은 항아리 안으로 뛰어들었다. 노래는 날개를 달고 돌 항아리는 붉은 포돗빛으로 물들기 시작했다.

와인, 쌀, 그리고 사람의 몸. 그러니까 학자들은 돌 항아리의 용도를 와인 숙성 용기, 쌀 저장 용기, 석관 등으로 추측하고 있다. 하지만 모두 추측일 뿐, 그 어느 하나도 정확한 근거를 찾아내지는 못했다고 한다. 물론 '신비의 항아리'라는 이름을 얻은 것도 그래서일 것이다.

전해 내려오는 전설도 있다. 6세기경에 이 지역은 '차오 앙카'라고 하는 잔인하기 그지없는 추장이 통치했다고 한다. 학정이 끝이 없던 어느 날 타이와 라오족의 영웅 '쿤 제왐' 왕이 중국 남부 산악지역으로부터 내려와 앙카를 무찔렀다. 그때 쿤 제왐이 승리를 자축하기 위해 와인을 숙성시킬 용기를 만들라고 지시했고, 주민들은 물소의 껍질과 모래와 물과 사탕수수를 섞어서 돌 항아리를 만들었다는 이야기다.

제일 높은 언덕에 놓인 항아리까지 올라가 보았다. 멀리 차가 다니는 길도 보이고 열서너 채의 집이 있는 마을도 보였다. 기원이야 와인이어도 좋고 아니어도 좋다. 아무려면 어떤가 싶다. 가끔은 그 비밀을 알 수 없는 것이 있어 더 좋을 때가 있다. 누구라도 마음대로 상상할 수 있는 여백이 즐겁기 때문이다.

내려오는 길에 땅에 박혀 있는 'MAG'라는 작은 팻말들이 눈에 들어온다. MAG_{Mines Advisory Group}는 UXO_{Unexploded Ordnance} 불발탄을 제거함으로서 피해지역 주민의 생명을 지키는 영국의 한 시민단체 이름이다. 곧, 땅에 박힌 MAG라는 팻말은 불발탄 위험시역과의 경계를 가리키는 표식인 셈이다. 그러고 보니 곳곳에, 심지어 돌 항아리 바로 옆에도 MAG 팻말이 박혀 있다. 갑자기 몸이 굳어지고 지금까지 이곳에서의 나의 움직임을 반추하게 된다.

말하자면, 불발탄은 아직도 살아 있는 전쟁의 흔적이고 상처다.

베트남 전쟁 기간 동안 미군은 베트남과 인근 국가에 엄청난 양의 폭탄을 쏟아 부었다. 그때 터지지 않은 불발탄은 대지의 곳곳에 박혀 있다가 라오 농부들의 다리를 자르고 라오 아이들의 손목을 앗아 갔다. 전쟁은 오래전에 끝났지만 지금도 논에서, 호수에서, 뒷마당에서, 심지어 대나무밭에서도 불발탄은 라오 사람들의 생명을 위협하고 있는 것이다.

마을로 돌아왔다. 마을로 들어서는 주유소의 입간판부터 2미터는 족히 넘을 대형 불발탄으로 만들어졌다. 뿐만 아니다. 어느 게스트하우스 앞 벤치는 불발탄 반쪽을 눕혀서 만든 것이고, 화분 역시 터지지 않은 포탄피를 뒤집어 놓은 것이다. 인터넷 카페도, 식당도, 여행사도, 간판을 불발탄으로 장식했고, 식당이든 카페든 그 어느 곳에 들어가더라도 모서리 구석진 곳에는 낡은 가구처럼 불발탄 한두 개쯤 세워져 있다. 심지어 가정집으로 보이는 가옥의 마당에도 조각상 흉내를 내며 불발탄이 서 있다. 다시 보니 마을 풍경은 차라리 희극적이다.

뒷산에 올랐다. 거대한 전쟁 희생자들의 묘지가 있었다. 기념탑이 있는 언덕 묘지의 꼭대기까지 올랐을 때 태양이 붉게 떨어지는 중이었다. 갑자기 궁금해졌다. 영국의 한 시민단체도 할 수 있는 일인데도, 미국은 자신들이 쏟아 붓고 간 폭탄들임에도 왜 책임을 지지 않는 걸까? 그리고 역사를 기억하는 것은 과거의 어리석음을 반복하지 않으려는 것일 텐데, 가는 곳마다 이처럼 기념탑들을 세워 두고서도 왜 전쟁은 끝나지 않는 걸까?

폰사반에서 풀지 못한 두 번째 미스터리다.

포토 에세이 10

풋사랑

논두렁 아래에 10대 아이들이 앉아 있다.
셋 더하기 셋. 무얼 하던 중이었을까?
낯선 이방인에게조차 수줍은 풋사랑?
그래, 상큼한 냄새.
누구에게나 10대가 있지.
별일도 아닌 일에 깔깔깔 웃고,
아무 것도 아닌 일에 서글퍼지던 그 순수의 시간들.

아직 끝나지 않았으나
여행이 끝나가는 것을 느낄 때

새벽이었다. 우리 부부는 국경으로 향하는 버스에 올랐다. 라오스에서의 마지막 도시 폰사반을 떠나는 날이다. 버스는 천천히 마을의 중심도로를 달리며 사람을 태우고 짐을 싣고, 가다 멈추고 기다리고를 반복하며 무심히 시간을 흘려보내고 있었다. 참으로 바쁠 것 하나 없는 삶이다. 그 사이에 주황색 탁밧 행렬이 지나갔고, 비 온 뒤의 싱싱한 해가 떠올랐다. 라오스 여행 내내 보아왔던 변함없는 풍경임에도, 여전히 낯설고도 경이로웠다.

버스는 빈 좌석 하나 없이 들어찼다. 사람들의 복장이 눈에 띄게 재밌다. 그래도 국경을 넘어 영토를 달리하는 국가로 넘어가는 사람들 복장이란 것이 조리나 슬리퍼나 샌들에 반바지를 입고, 국경 넘는 일이 마치 이웃동네 마실 다니는 것처럼 가볍다. 옷차림만큼 그들 자신의 삶도 가볍고 유쾌할 것만 같다. 덕분에 그들의 땅에서 그들의 삶을 여행하고 있는 여행자의 시간도 가볍고 평화롭게 흘러가고 있다.

여행을 하다 보면, 아직 끝나지 않았으나 여행이 끝나 가고 있음을 느낄 때가 있다. 그것은 비단 수첩 속의 귀국 날짜가 아니더라도, 여행자 자신이 먼저 알게 된다. 어느 날 여행 안에 깊이 젖어든 자신을 발견할 때가 그 순간이다. 일상과는 다른, 여행이 만들어 놓은 속도와 상식과 감성의 가치들이 길 위에서의 나를 채우고 지배하고 있을 때가 그렇다. 그래서 내 안의 내가 한없이 단순하거나 혹은 낯설다고 느껴질 때 나는, 또 하나의 여행이 끝나 가고 있음을 지각한다. 그리곤 왠지 지금 이 순간의 나 스스로가 많이 사랑스러워져, 그 느낌으로 앞으로의 날들도 멋지게 살아 낼 수 있을 것 같아 새삼스레 떠나온 일상이 그리워지기도 한다.

여행이 끝을 향해 갈수록 시간은 스스로 살아 움직이며 더욱 압축적으로 조직된다. 내가 눈치채기도 전에 몸이 먼저 반응하고 세상의 모든 것들을 기리낌 없이 끌어안는다. 만약 이대로만 살 수 있다면 세상은 언제나 아름다울 거라는 섣부른 희망이 생겨나기도 한다. 이즈음의 순간들은 여행자에게 가장 두렵고도 아름다운 시간이 된다. 눈에 보이는 모든 것들을 쓰다듬고, 손에 닿는 모든 것들에게 가슴을 내주고픈 욕망이 차오른다. 그래서 남아 있는 하루하루가 더욱 소중하고 아쉽다. 하지만 시간은 흐르고, 여행자는 이국에서의 또 한 번의 삶에 '안녕'하고 손을 흔들어야만 한다. 라오스 여행도 그 순간을 향해 달려가고 있다.

버스가 속도를 냈다. 마을 중심을 벗어나자 곧바로 대나무로 엮어 만든 집들과 논밭이 이어진다. 산과 구릉이 한결 가까이 다가섰다.

'라오스는 80퍼센트의 인구가 시골에 살고 있고 대부분이 농부라서 매우 가난한 나라다. 이들은 약간의 돈을 벌거나 혹은 거의 돈을 벌지 못하는 상태라서 많은 원조가 필요하다.'

전날 폰사반에서 방문했던 한 세계구호단체의 홍보지에서 본 설명 문구들이 떠올랐다. 하지만 버스를 타고 보게 되는 이 나라의 모습은 사뭇 다르다. 어떤 논은 추수를 끝냈고, 어떤 논은 막 모내기를 했으며, 또 어떤 논은 벼가 이미 푸르게 자라나고 있다. 이 신기한 풍경은 1년에 세 번 삼모작이 가능한 기후이기 때문에 볼 수 있는 것이다. 그러고도 옥수수가 드넓게 자라고 있고, 바나나 나무가 지천이다. 처마 밑에선 여인네들이 베를 짜고, 아이들은 마당을 뛰어다닌다. 풍요롭기 그지없다. 적어도 그들 속사정을 알 길 없는 여행자의 눈에는 그렇다.

라오스 정부는 40여 년 전에 토지개혁을 통해 땅과 집을 전 국

민에게 나누어 주었다고 한다. 대부분의 라오스 사람들은 시골에서 특별한 욕심 없이 평생 동안 가족과 이웃이 전부인 삶을 살아간다. 그래서 삼모작이 가능한 농토가 그들 각자에게 주어졌다는 것은 굶어죽지 않을 수 있다는 단순한 의미만은 아닐 것이다. 서양의 근대화적인 시각에서 바라보자면, 라오스는 국민의 80퍼센트가 여전히 시골에서 농사를 지으며 지급지족하며 살아가는 저개발 혹은 비문명의 나라이다. 그래서 원조를 통해 서양의 과학기술을 배우게 하고 산업시설을 늘리고 전 국민이 핸드폰을 소유할 수 있도록 해야 한다고 생각할지도 모르겠다.

하지만 과연 라오스 사람들도 그렇게 생각할까? 농사를 짓고도 돈 한 푼 벌지 못해서, 핸드폰이 없고 인터넷을 할 수 없어서 가난하다고 생각할까? 역사상 최고로 풍요로운 시대에 아침에 눈뜨고 일어나서 잠이 들 때까지 항상 무언가를 소비하고 살아가지만 또 늘 무언가가 부족하다고 느끼는 오늘날 우리들의 삶을 그들도 이해할 수 있을까? 조금은 다를 것 같다. 씨앗을 뿌리고 자라게 하고 거두기까지 자연이 순환하는 섭리에 익숙해진 그들의 삶은 오히려 충분히 세상을 이해하고 나의 삶을 살아냈다는 어떤 충만함 속에서 내일을 맞이하지 않을까 싶다.

버스가 국경 관리 사무소에 도착했다. 베트남으로 들어가는 라오스 사람이나 자국으로 돌아가는 베트남 사람들의 입국심사는 간단했다. 다만

아내와 나 때문에 모든 이들이 적지 않은 시간을 기다려야 했다. 관광객이 자주 이용하지 않는 국경이었고, 그래서 한국인들에게 베트남 입국비자가 필요 없다는 우리 부부의 주장을 확인하는 데 시간이 필요했기 때문이다.

국경을 넘었지만, 산이나 강은 라오스나 베트남이나 한가지였다. 그런데 도로가 달라졌다. 국경을 넘자마자 제법 넓고 반듯한 포장도로가 나타난 것이다. 정말 신기한 것은 새로 내리거나 탄 사람이 한 사람도 없는데 버스 안의 공기가 달라진 것이다. 국경을 넘기 전의 버스 안은 차분하고 조용했다. 그런데 국경을 넘자마자 사람들은 핸드폰을 켜더니, 가방을 뒤적이고, 돈을 꺼내 세어 보고, 급기야는 목청까지 커지면서 온통 버스 안이 시끌벅적해지는 것이다. 어안이 벙벙해진 사람은 아내와 나 둘뿐, 다른 이들에게는 그 변화가 당연한 듯했다. 국경선 하나를 사이에 두고 전혀 다른 두 세계가 존재하고 있는 것이다.

이런 이야기가 있다. '베트남 사람들이 벼를 심는다면, 캄보디아 사람들은 벼가 자라는 것을 보고, 라오스 사람들은 벼가 자라는 소리를 듣는다.' 옛 인도차이나 반도를 식민통치했던 어느 프랑스인이 보고서에 남겼다는 말이다. 라오스인들은 이웃 사람이 당신 논에 벼가 익었다고 알려 주기 전에는 논에 한 번도 나가 보지 않는다면, 베트남인들은 하루 온종일을 논밭에서 산다. 또 라오스인들이 적게 일하고 적게 먹으며 삶을 관조하듯 살아간다면, 베트남인들은 그 모습 자체에서 삶에의 의지를 느낄 만큼 부지런하고 성실하다. 국경을 맞댄 두 나라 사람들의 성품은 이토록 대조적이다.

차창 밖에 베트남의 전형적인 시골 풍경이 이어졌다. 농라베트남 전통고깔모자를 쓴 농부들이 드넓은 논에 점점이 박혀 있고, 꼬마 아이들은 물소를 씻기거나 물소 위에 앉아 집으로 돌아가는 중이었다. 한 장의 그림엽서 같은 풍경이었다.

버스가 빈Vinh에 가까워지면서 집과 건물들이 많아졌다. 공사 중인 도로도 빈번히 나타났다. 그러더니 늘어난 차량으로 도로가 막히기 시작했다. 빵빵. 여기저기 경적이 울리고, 끼어들고 빠져나가는 얌체 차량들도 보였다. '빈까지 10킬로미터'를 앞에 두고 두 시간을 정체했다. 라오스에서는 한 번도 없었던 일이다. 또 다른 세계가 다가오고, 또 한 번의 여행이 끝나가고 있었다.

리얼 베트남에서 만난 해적

말하자면, 빈에서의 1박2일은 예정에 없던 시간이었다. 단지 라오스를 빠져나와서 하노이Hanoi로 가는 기차를 갈아타기 위해 선택한 도시일 뿐이었다. 우리는 이렇다 할 정보를 가지고 있지 못했다. 따라서 얼마간의 고생이 준비되어 있었고, 또 얼마간의 예상치 못한 즐거움이 기다릴지도 몰랐다.

빈의 첫인상은 밋밋했다. 도시 자체는 별 특색이 없어 보였고, 여행 가이드북에도 소개되어 있지 않았다. 베트남을 남북으로 잇는 중부 지역의 주도라고 했지만, 이렇다 할 구경거리가 없어 여행자들은 거의 찾지 않는 도시였다. 그래서 숙소를 구하는 일부터 고역이었다. 도시 규모는 크고 해는 저물었으나, 가이드북에도 나오지 않고, 지도 한 장을 구할 수가 없으며, 영어도 통하지 않았다. 터미널 안내소에서 겨우 호텔 이름 하나를 알아내 택시를 탔지만, 도착한 호텔은 숙박료가 너무 비쌌다. 이럴 때엔 눈 딱 감고 카드를 그을 줄도 알아야 하는데, 아내와 나는 그것이 힘들다. 호텔 앞 도로에서 왼쪽이냐, 오른쪽이냐, 잠시 갈등하다가 나의 감을 믿기로 하고, 배낭을 메고 왼쪽으로 걷기 시작했다. 1킬로미터는 걸었을까, 오른쪽으로 갈 걸 그랬다고 아내가 투덜거릴 즈음 겨우 호텔 하나를 찾아 들어간다.

다음 날 아침, 이제 밤에 떠나는 기차 시간까지 남아 있는 하루를 어디서 보낼지가 '숙제'다. 이 도시에 대해서 우리가 알고 있는 것은 버스터미널과 우리가 묵었던 호텔 이름 두 가지뿐이다. 무작정 걷기에는 도시가 너무 컸다. 게다가 최소한의 방향감각조차도 없으니, 어디에서 시작해야 할지도 난감했다. 그래서 우선 오토바이를 빌리기로 했다. 지도도 정보도 없으니 기동력이 필요하다는 것이 아내의 판단이었다.

하지만 하노이나 호찌민에서는 발에 채일 정도로 많던 'Motor For Rent'라는 간판이 이 도시에는 눈을 씻고도 찾아볼 수 없었다. 호텔 직원은 오토바이를 빌린다는 문화 자체를 이해하지 못했다. 당연한 것이, 이곳 사람들은 집집마다 오토바이가 있는데 여행자가 올 일도 없는 이 도시에서 만약 누군가가 오토바이 렌

트 사업을 한다면 굶어죽기 딱 좋은 직업이라고 할 수 있다.

할 수 없이 호텔 여직원에게 본인이 타고 다니는 오토바이라도 빌려 달라고 사정을 했다. 난감해하던 그녀가 청소 담당 직원을 불렀고, 그가 또 누군가에게 전화하더니 잠시 후 한 사나이가 나타났다. 잠을 자다 나왔는지 웃통을 벗은 채 나타난 그는, 초면에 미안하지만 인상이 다소 야비해 보였다. 장동건 주연의 영화 〈태풍〉에 등장하는 비열한 해적 조무래기로 캐스팅되었다면 딱 맞았을 그런 인상이었다. (그날 이러한 나의 느낌은 제대로 적중하였으나, 글의 전개상 일단 그 이야기는 뒤로 미뤄두기로 한다.) 아무튼, 잠깐의 흥정 끝에 그 해적 조무래기 같은 녀석의 오토바이를 '렌트'하기로 합의했다.

우선 우리는 바다가 많이 고팠다. 한 달 가까이 바다 한 조각 없는 라오스에서 지냈으니 무리도 아니었다. 나침반을 보고 동쪽으로 달렸다. 강이 나왔고, 그 강을 따라 다시 산이 보이지 않는 방향을 향해 달렸다. 곧 갯벌의 짠 내가 났다. 바다가 가까워 온 것이다. 자전거 뒷자리에 어망을 실은 할머니가 지나쳐 갔고, 고깃배들이 보이기 시작했다.

백사장으로 내려서자 그곳에 그림엽서처럼 한 부자가 서있었다. 그들은 막 고기잡이를 나설 차림이었다. 카이뭄_{대나무로 엮어 만든 둥그란 그릇 모양의 베트남 전통 나룻배}에 노를 걸고 그물을 차곡차곡 싣는 중이

었다.

"씬 짜오안녕하세요!"

어부는 나의 씩씩한 인사에도 고개 한 번 안 돌린 채 슬쩍 쳐다보고는 그만이었다.

혹시 알지 모르겠다. 세상 어디를 가도 베테랑 어부들에겐 몇 가지 특징이 있다. 하나는 담배를 테울 때 이로 악 깨물어 피운다는 것이고, 다른 하나는 이방인에게는 상대방이 무안할 정도로 무뚝뚝하다는 것이다. 그래야 물고기가 기가 눌려 더 잘 잡히는 것인지, 그 상관관계에 대해서는 심리학적으로나 바다학적으로나 나로선 알 수 없으나, 아무튼 내가 만나 본 아시아와 남미와 아프리카의 베테랑 어부들은 모두가 그랬다.

베트남 빈에선 대신 어부의 아들이 관심을 보였다. '한꿔'라는 나의 소개에 그이는 한 층 더 호기심을 드러냈다. 그 순간이었다.

"이놈아!"

한눈파는 아들을 향한 아버지의 엄한 호통. 아직 그물 손질이 서툰 아들이 못마땅한 것인지, 아들을 산만하게 만드는 이방인들이 귀찮은 것인지는 분간이 어렵다.

소심해진 우리는 가만가만 지켜보기로 한다. 그런데 아들의 관심은 꼭 두 이방인이 아니더라도 다른 곳에 가 있다. 고기 잡으러 바다로 나서기가 싫은 것인지 눈동자는 흔들리고 그물 잡은 손이 헐렁했다. 드디어 아버지가 배를 바다로 밀어 간다. 배가 파도를 타자 아버지가 먼저 오르고 아들이 따라 올랐다. 둥근 대나무 배는 순식간에 파도에 밀려 바다 가운데로 나아갔다. 아들이 천천히 노를 젓기 시작했다. 그러곤 고개를 들어 이방인 부부를 돌아보는데, 가슴이 뭉클해졌다.

왠지 쓸쓸하면서도 숭고한 느낌이었다. "이놈아!"라고 아들을 야단치는 저 아버지도 그 옛날엔 바깥세상이 못내 궁금해 바다를 등지고 싶었던 한 어부의 아들이었을지도 모르고, 노를 잡은 손에 다른 색깔의 그리움이 가득한 저 아들도 언젠가는 그의 아

버지처럼 담배를 깨물어 물고 손이 헐렁한 아들을 앞세운 채 바다로 향할지도 모르겠다는 생각이 들어서다.

이번에는 서쪽으로 달렸다. 논이 있는 시골마을을 보고 싶었다. 40킬로미터쯤 달렸을 때 평야가 나타났다. 해가 조금씩 기울고 있었다. 논에는 농라를 쓴 농부들이 학처럼 점점이 박혀 풀을 뽑거나 약을 뿌렸다. 저 멀리 물소를 탄 아이들이 느릿느릿 집으로 돌아가는 중이었다.

우리는 논두렁으로 난 소로로 오토바이를 몰았다. 그곳에서 물소를 탄 소녀와 마주했다. 물소는 풀을 뜯고 소녀는 풀피리를 물고 있었다. 그 풍경이 하도 예뻐서 쑥스러워하는 소녀에게 미안했으나 사진을 찍지 않을 수가 없었다. 논두렁을 지나 마을로 들어섰다. 마을 안 저수지에서 또 한 소녀가 물소를 목욕시키고 있다.

"씬 짜오~!"

그녀 역시 부끄러워서 웃기만 할 뿐 여행자의 인사를 제대로 받지도 못한다. 그런데도 그 크고 힘센 물소를 씻기고, 끌고, 타고 다니는 것이 신기할 따름이다. 그러고 보니 물소의 착한 눈은 소녀의 미소를 닮았다.

그때 문밖에서 지켜보고 섰던 부부가 있었다. 나는 물 한잔을 부탁했다. 그들은 우선 우리부부를 집안으로 들였다. 집은 깨끗

하고 부유해 보였다. 잠시 후 시원한 얼음물을 내어준 그들은 뜻밖에도 한국으로 시집간 동생 이야기를 꺼냈다. 서울 면목동에 산다고 했다. 결국 한국으로 전화까지 한 그들은 동생을 바꿔 주었다. 아내가 전화를 받고 보니 그녀는 아직 한국말이 많이 서툴렀다. 하지만 행복해 보인다고 했다. 한국으로 돌아오면 꼭 만나자고도 했다. 전화를 끊고 나자 숫제 우리부부가 베트남과 한국을 잇는 메신저라도 되는 것처럼 칙사 대접이었다. 여행자에게서 동생의 냄새라도 맡고 싶었는지도 모르겠다. 우리들은 한국에 있는 동생에게 보여 주기 위해 '여행자부부 + 언니네 가족사진' 을 찍었다.

그 집에서 나와 마을 논두렁길을 빠져나오는데, 오늘 하루 풍족했던 태양이 지고 있었다.

여행에서 돌아와 면목동 동생을 찾아갔었다. 신랑은 자신이 일하는 중국음식점에서 쟁반자장, 탕수육, 팔보채 등의 요리를 넘치도록 가져왔다. 두 사람은 셋방에서 예쁘게 살고 있었다. 동생의 한국어 실력보다 신랑의 베트남어 실력이 나아 보였다. 신랑이 베트남에서 일하다가 만나 연애를 하게 되었기 때문이다. 우리가 찍어 온 언니네 가족사진을 보면서 서로 많이 즐거워했다. 두 사람은 나의 섣부른 걱정과는 달리 친구처럼 오누이처럼 잘 살고 있었다.

그래도 마음은 편하지가 않다. 두 사람이 아이를 낳고 그 아이를 학교에 보내고 다문화가정으로 살아가는 것이 아직 한국사회에서는 그리 편안하지는 못할 것이기 때문이다. 베트남처럼 경제적으로 대한민국보다 '못사는' 나라에서 온 사람들을 아무런 근거 없이 인종적으로도 문화적으로도 열등하다고 여기거나, 심지어 돈 주고 사 온 노동력 정도로 업신여기는 시각이 아직까지도 존재하는 것이 대한민국의 현실이기 때문이다. 주변의 많은 이들이 베트남인들이 얼마나 현명하고, 부지런하고, 용기가 넘치는 사람들인지 알았으면 좋겠다. 문화란 것은 좋고 나쁨이 있는 것이 아니라, 서로 다름이 존재할 뿐이라는 사실도 함께…….

빈에서의 그날 하루 이야기가 이렇게 끝이 났으면 얼마나 좋았을까. 그러나 이야기가 아직 남아 있다. 앞서 예고했던 바대로 해적 조무래기 같은 인상을 주었던 그 남자에 대한 이야기다.

나는 오토바이를 돌려주기 전에 주유소를 먼저 들렀다. 처음 인계받았을 때보나 연료 계기판의 눈금 히나를 더 채웠고, 합의한 렌트 비용에 얼마간의 팁을 더 계산해서 준비해 두었다. 아내와 나는 호텔에 맡겨 둔 배낭을 찾고서 그를 기다렸다. 그때 녀석이 뛰어 들어왔다. 그러고는 어쩌자고 베트남어로 지껄이는데 당

연히 알아들을 수가 없었다. 다만 그가 상당히 화가 났다는 것만은 알 수 있었다. 프런트에는 오전에 있었던 여직원 대신에 새로운 직원이 교대를 한 상태였다.

다음은 그녀가 중간에서 통역해 준 당시 그 해적 조무래기 같은 녀석과 나와의 대화를 하노이행 밤기차 안에서 흥분을 가라앉힌 후에 하나씩 재구성한 것이다. 편의상, 혹은 약간의 악의로, 그 녀석을 해적이라고 칭하겠다.

아내와 나는 영문도 모르고 해적을 따라 오토바이가 세워져 있던 곳으로 나갔다. 해적은 다짜고짜 화를 냈다.

“이봐! 오토바이에 연료가 왜 이래?”

“연료? 연료가 왜?”

“니들이 가져갈 때는 가득 차 있었잖아!”

사실 이때부터 나는 애초 녀석의 인상이 마음에 들지 않았던 관계로 즉시 상황을 파악했다. 하지만 지그시 마음을 누르며 이성적으로 대답하고자 노력했다.

“내가 처음 눈금보다 한 눈금을 더 넣어 온 거야.”

“이런, 제기랄! 이건 또 뭐야! 헤드라이트도 깨져 있잖아?”

헤드라이트는 원래 깨져 있었다. 그것뿐만 아니라 백미러도 마찬가지였고, 성한 것보다 성하지 않은 것이 더 많은 오토바이였다. 나는 계속 차분해지려고 노력했다.

“그거, 내가 그런 거 아니야.”

“그럼 나야? 아니면 여기 이 아가씨호텔 여직원냐고!”

“저기, 있잖아. 여행자는 거짓말하지 않아!”

나는 여전히 진정성으로 설득하고 싶었다. 그런데 그때였다. 그 녀석처럼 인상이 비열해 보이는 해적 두 명이 더 나타났다. 그러자 해적 놈은 별안간 언성을 높이기 시작했고, 동네 사람들이 하나둘 모여들었다. 이제 해적 놈은 동네 사람들에게 하소연하기 시작했다.

“여기 좀 봐요! 한국 놈들이 하나밖에 없는 내 오토바이를 다

부숴 났어요. 여기 헤드라이트, 백미러……."

"……"

나는 할 말이 없었다. 대신 완전하게 상황 파악을 했다.

"그래 좋아, 알았어. 도대체 네가 원하는 것이 뭔지나 얘기해 봐!"

이즈음부터 나도 언성이 높아져 있었고, 해적 놈은 얼마간 더 난동을 부리더니 슬그머니 돈 이야기를 꺼냈다. 그런데 액수가 터무니없이 큰돈이었다. 실은 화가 나긴 했어도 내심 기차 시간 때문에 웬만하면 타협해서 줘 버릴 생각이었다. 그런데 이제 다 지난 생각이 되었다. 그냥 넘어갈 수가 없다. 액수도 액수지만 해적 놈의 파렴치함에 어느새 숨어 있던 나의 싸움닭 본성이 꼿꼿이 고개를 들기 시작한 것이다. 해적은 궁지에 몰린 여행자의 목을 비틀듯이 마지막 협박을 놓았다.

"너 있잖아, 돈 안 물어내면 오늘밤에 기차 못 타."

그는 그것이 결정타였다고 생각했는지 군중들 앞에서 짐짓 비아냥거리며 여유로운 척까지 했다. 그런데 그가 사람을 잘못 봤다. 내가 누군가? 나름 세계 곳곳을 여행하며 좋은 꼴 험한 꼴 다 겪어본 나름대로 베테랑 여행자가 아닌가. 반격의 시간이 왔다.

"그거 좋은 생각이네."

"뭐? 아가씨, 이 한국 친구가 뭐라는 거야, 지금?"

“나도 지금 막 기차 타는 걸 포기했다고. 그러니까, 처음부터 이야기를 다시 시작해 보자. 오토바이 렌트할 때 눈금이 여기까지인 거 너하고 나하고 그리고 아침에 근무했던 호텔 프런트 여직원하고 다 같이 확인한 거니까, 일단 경찰부터 부르고 퇴근한 그 여직원도 불러.”

“뭐? 폴리스? 아가씨, 이 친구 경찰 부르겠다는 거야?”

“그리고 확인해 보면 알겠지만, 내가 연료 한 눈금 더 넣어 줬거든. 그 돈도 반드시 돌려받아야겠어. 또 상식이 있는 경찰이라면 헤드라이트가 언제 깨졌는지 정도는 금방 알 수 있겠지. 만약 네 놈의 거짓말이 다 드러나면 오늘 우리가 놓친 하노이까지의 침대기차 요금과 하룻밤 숙식비도 네가 모두 지불해야 할 거야.”

예상했던 대로 나의 말을 여직원으로부터 전해 들은 해적 놈은 순식간에 얼굴빛이 싹 변했다. 나는 지난 여행을 통해 베트남 경찰이 베트남 사람들에게 얼마나 무서운 존재인지를 잘 알고 있다. 그런데 경찰을 부르고 말고 할 것까지도 없었다. 돌변한 그의 표정을 보고 구경 중이던 동네 사람들이 사태의 진의를 알아차렸고, 이내 해적 놈을 탓하는 눈빛으로 비뀌었다. 사건의 전모를 파악한 호텔 여직원이 그 해적 놈과 잠시 대화를 나누더니 내게 공손하게 제안했다.

“원래 계약했던 돈만 주고 끝내는 것이 어떻겠어요? 당신들도 오늘 밤에 기차를 타는 편이 더 좋잖아요. 저희 호텔에서 일어난 일이니까 제가 대신 사과할게요.”

나 역시 소동을 부려 미안하다고 여직원에게 사과했다. 그리고 뒤도 돌아보지 않고 택시를 잡아탔다. 기차역을 향해 달렸다. 여행에서 이런 녀석들을 만나는 일이 한두 번도 아닌데, 그날따라 화가 잘 가라앉지 않았다.

‘나룻배를 저어가던 아버지와 아들, 물소를 타고 풀피리를 불던 소녀, 나그네를 대접하며 이국으로 시집간 동생을 그리워하던 언니네 식구들…… 그것으로 오늘 하루가 끝났어야 하는 건데…….’

그것이 끝내 못마땅했다. 그렇지만 이것 또한 사람 사는 이야기고, 진짜 베트남의 일부인 것을 어찌하겠는가.

여행이란 삶의 속도가 주는 다름

기차가 한 시간 일찍 도착했다. 덕분에 하노이 기차역의 이른 새벽 풍경과 마주한다. 선로를 비추는 은은한 백열 불빛 아래로 인부들이 화물을 내리고, 저마다 한 보따리씩의 짐을 진 여행자들은 설렘과 두려움의 날개를 접고 역사 밖으로 나선다.

아직 차가 다니기에는 이른 시간. 역사 처마 아래에 놓인 앉은뱅이 의자에 엉덩이를 걸쳐 두고 아내와 함께 커피 한 잔을 시킨다. 동도 트지 않은 신새벽이지만 커피 잔에 가득 넣어준 얼음 조각들이 반갑기만 하다. 그만큼 공기는 충분히 후덥지근하다. 아니나 다를까. 난데없이 세찬 비가 쏟아진다. 스콜. 자연의 순환을 압축해서 보여 주고 싶다는 걸까. 땅을 데우던 열기가 수중기가 되어 하늘로 올라 구름이 되고 다시 비가 되어 지상에 내려와 대기의 열기와 대결하기까지, 그 모든 시간들이 역사 앞 노상에 앉아 커피 한잔을 마시는 그 짧은 순간에 다 지나가고 이루어지는 것만 같다.

날이 부옇게 밝아 오면서 짐 지거나 배낭을 멘 이들이 하나둘 길가로 내려섰다. 일부는 버스를 타려는지 큰길가로 나서고, 또 일부는 줄을 지어 들어오는 택시에 올라탔다. 아내와 나도 그중 한 택시를 잡아탔다. 여행가이드북에서 보아 두었던 게스트하우스 이름을 댔을 때 그곳을 아주 잘 안다고 호들갑을 떨던 택시 기사는 하노이 시내를 뱅글뱅글 돌았다.

비록 하노이가 7년 만이었지만 별로 변할 것 없는 구시가지의 길은 눈에 익었다. 낯선 도시에 막 도착한 여행자를 상대로 뺑뺑이를 돌리는 것은 전 세계 택시 운전사들의 동일한 레퍼토리라도 되는 걸까. 그는 5만 동을 요구했다. 나는 아무 소리 없이 3만 동을 건넸다. 자신의 말을 잘못 알아들었다고 생각한 그는 다섯 손가락을 쫙 펼쳐 보이며 히죽 웃었다. 하노이가 처음이 아닌 나는 2만동이면 충분한 거리라는 걸 잘 알지만 덕분에 하노이의 새벽을 구경한 셈치고 3만동을 주는 거라고 얘기하고는, 짜증이 뛰어오르는 걸 애써 누르며 돌아섰다. 불평하는 택시 운전사의 목소리가 등 뒤에서 들려왔으나, 개의치 않았다. 그 역시 그뿐,

BOB Y BREWERS

곧 차를 돌리고 사라졌다. 피곤함이 몰려왔다.

오랜 평화의 시간이 끝나가고 있는 걸까…….

그날 점심, 마침 복날이라고 찾아간 한국 식당에서 홍콩에서 온 두 여행자를 만났다. 그중 한 명의 직업이 '프로페셔널 보디가드'라는데 그의 말로는 한국인 사부를 둔 태권도 유단자라고 했다. 그래서일까, 그들도 우리처럼 삼계탕을 먹었다.

그런데 그들은 적잖이 화가 나 있었다. 다행히도 태권도나 삼계탕이 아니라 하노이 때문이었다. 하노이는 순 사기꾼들의 도시라는 것이다. 그들도 우리처럼 도착 첫날부터 택시 운전사와 함께 뺑뺑이를 돌고 가는 곳마다 웃돈에 거짓말에 질려 버렸던 모양인데, 여행을 시작한 지 3일 만에 돌아가는 거라고 했다. 돈밖에 모르는 사람들이라며 다시는 하노이에 오지 않을 거라고 다짐까지 놓았다. 그래도 이왕 시간 내어 이곳까지 왔으니 며칠 더 있어 보라고, 오토바이를 빌려 타고 교외 시골로 한번 나가 보라고, 그도 아니면 아무 시내버스나 골라 타고 그냥 종점 끝까지 달려 보라고, 시간 여유가 좀 더 있다면 그곳 종점 마을에 내려 시상이 어디 있는지 물어물어 한번 찾아가 보라고 말해 주고 싶었으나, 그들은 그날 저녁 홍콩 행 비행기를 이미 예약해 두었으며 그때까지 이곳 한국 식당에서 맥주나 마시다 갈 거라고 말하는 걸 듣고는 그만두었다.

새삼 7년 전 하노이를 여행했던 기억이 떠올랐다. 그때 아내와 난 어느 소설가가 말했던 '하노이에 뜨는 별'을 보고 싶었다. 하지만 하노이의 하늘은 내내 잿빛이었고, 사람들은 무뚝뚝하고도 지독했다. 사람들의 눈에는 새로이 마주한 낯선 자본주의의 삶 속에서 살아남기 위한 조각조각 생존의 빛만이 번뜩이고 있었다. 그때 우리도 많이 지치고 힘들었다. 물론 하노이의 시민들이 다 그런 건 아니라는 걸 잘 알면서도 여행자의 행동 반경 안에서 만나게 되는 사람들이란 너무나 뻔해서 쉽게 분노하고 쉽게 슬퍼했었다.

홍콩에서 온 두 친구를 떠나보내고 하루 이틀 그리고 사흘이 지나갔다. 그사이 아내와 나는 하노이의 골목골목을 돌아다녔다. 수상인형극을 관람했고, 포를 세 번 정도 사 먹었고, 호수공원을 다섯 바퀴도 더 돌았으며, 노스페이스 짝퉁 배낭을 하나 샀다. 여전히 오토바이도 많고 사람도 많고 잡다한 물건들도 많았으며, 커피도 맛있었다. 도시는 바쁘고, 거리마다 시간과 땀내와 삶의 고단함이 가득 고여 있었다. 강렬한 삶의 빛깔들이 시클로 인력거꾼의 깡마른 다리에 힘줄이 툭 불거지듯 도시의 골목마다 짙은 명암으로 양각되어 있었다.

밤이 되자 시장길 바닥에서 마른오징어 한 마리와 맥주를 팔았고, 몸에 착 달라붙은 운동복을 입은 여자들이 호수공원을 뛰었다. 아내와 나는 낮에 호찌민 묘에 다녀오면서 먹었던 '넘 네우 앙'이 생각나 다시 그 시장 길을 찾아갔다. 물소고기를 알맞은 크기로 숯불에 구워 우리 메밀국수처럼 국수와 함께 시원한 육수에 넣어주는 넘 네우앙을 두 번째로 먹었다. 나는 호찌민 묘에 늘어선 그 긴 줄을 보고도 끝내 새치기하던 베트남 공무원들을 욕했고, 아내는 방부 기술로 붙들어 둔 호찌민 아저씨를 이제 그만 쉬게 해줬으면 좋겠다는 이야기를 했다.

낯설었다. 어처구니없게도 꿈만 같았다. 참 다르다는 생각이 들었다. 라오스에서 보낸 한 달 동안 아내와 내게 주어진 시간들, 황톳빛 강물을 따라 한없이 단순하고도 평화로웠던 그 시간들이 언제 우리에게 있었던가 싶었다. 그렇게 여행이 끝나 가고 있었다. 하노이는 바쁜 일상으로 돌아가는 메신저 역할을 하고 있는지도 몰랐다. 라오스와 대한민국 사이 어디쯤에서 말이다.

굳이 말하자면 여행이란 삶의 속도가 주는 '다름'에 대해 생각해보는 것일지도 모르겠다.

포토 에세이 11

커플

하노이에서,
농라가 썩 잘 어울리는 커플을 봤어요.

둘이 함께하는 여행이란…
때론 토라져 말도 섞기 싫고,
나를 앞세우고 고집을 부리다가도,
결국에는 손을 꼭 쥐고 함께 걷는 것.
우리 모습도 저렇겠죠?

귀로 歸路

너, 타이베이. 겨우 24시간 경유라지만, 이상하게도 편안한 도시야.

덜 세련된, 그래서 좀 수더분한 느낌. 그런데 넌 색감에 아주 뛰어난 것 같아.

불빛이, 식당가의 요리가, 거리의 한자 간판들이.

선명하고 부산스러우면서도 왠지 모르게 날 따뜻하게 해.

짧은 만남은 우연이었지만 추억은 오래갈 것 같아.

덕분에 집으로 돌아가는 길이 편안해졌어. 행복해졌어. 고마워, 타이베이.

그리고……
다시 찾은 라오스

다시 한 번 라오스가 고맙다

6개월 후 겨울, 아내와 나는 다시 라오스로 여행했다.

이번에는 '청소년 여행학교'란 이름으로 중학교 1학년부터 고등학교 2학년까지 열한 명의 청소년과, 나와는 스무 살 차이가 나는 제주교대 대학생 두 명과 함께였다.

여행학교는 967일 간의 세계 여행을 다녀왔던 그 해부터 우리 부부가 새롭게 하고 싶었던 일이었다. 여행 '학교'라곤 하지만 학교 건물이 있는 것이 아니라, 아이들이 여행을 통해 얻게 되는 배움의 크기를 가늠하며 길을 학교라고 부르기로 한 것뿐이다. 다만 아이들이 자신이 속해 왔던 익숙한 시공간으로부터 떠남으로써 맘껏 놀고 상상의 날개를 펼칠 수 있는 기회를 주고 싶었던 것이다. 라오스는 그 첫걸음으로 아주 적합한 곳이었다. 학교에서 학원으로 바쁘고 버거운 삶을 견뎌 내야 하는 대한민국 아이들에게 라오스는 그 대척점에 있는 해방의 공간이었다. 그곳에서의 느리고 단순하고 평화로운 시간은 아이들에게 자신이 좋아하고 자신이 잘하는 것에 솔직해질 수 있는 마음을 돌려주었다.

아이들과 함께 배낭을 메고 한 달 동안 여행했던 건기의 라오스는 또 다른 맛이 있었다. 황톳빛 강물이 투명하게 바뀌었고 내가 좋아했던 그 느닷없던 라오스의 비는 볼 수가 없었다. 루앙프라방의 게스트하우스 여주인장은 여전히 새벽 탁밧에 나가면 만날 수 있었으나, 성수기답게 예약하지 않은 우리들에게 돌아올 방은 없었다. 비엔티안의 망고셰이크를 먹어 본 우리 아이들은 라오스에서 제일 맛있다는 나의 주장에 대체로 동의했으나, 울산에서 참석한 한 녀석이 끝내 생각을 달리했다.

못내 아쉬운 일도 있다. 블루 라군 가는 길에 시속 4킬로미터로 걷던 우리에게 경운기를 세워 줬던 뜨는 영어 공부를 열심히 해서 여행학교 친구들이 오면 망고나무도 알려주고 경운기 운전도 가르쳐 줄 거라 약속했는데, 우리 사정으로 만나지

를 못했다. 다만 인편으로 함께 찍은 사진만을 전해 주었다.

그리고 방비엥의 미스터 리는 막 통닭과 팥빙수 장사를 시작했는데, 내가 상상했던 통닭과 팥빙수 가게와 달리 규모가 제법 컸다. 그런데 놀란 것은 그 사이에 경상도 사투리를 '억수로' 쓰는 아내가 생긴 것이다. 우리가 만났던 그 시점에 이미 연애를 하고 있었던 모양이다. 그는 여행학교 친구들이 라오스 청소년들과 만나는 기회와 산골 마을에서 하룻밤을 보내는 경험을 할 수 있도록 도와주었다.

모든 여행이 그렇듯이 라오스가 다 좋지는 않았다. 속이 상할 때도 화가 날 때도 있었다. 그런데 시간이란 참 묘한 것이다. 힘들거나 싫었던 기억들은 희미해지고 점차 좋은 기억들만 도드라지더니, 이제는 오직 아름답고 그리운 시간들로만 남았다. 다시 한번 라오스가 고맙다.

다시 비엔티안 가는 길

　3년의 시간이 또 흘렀다. 그사이 라오스 코끼리들은 새 트래킹 상품으로 바빠졌고, 미스터 리의 치킨하우스는 날로 번창했으며, 라오스는 한국인들에게 가장 인기 있는 여행지가 되어갔다. 그리고 나는 여전히 라오스를 잊지 않았고, 겨울의 정점에 서서 다시 비엔티안으로 향하고 있었다.

　제주도의 겨울만 할까마는 후아람퐁Hua Lamphong 기차역으로 가는 방콕의 늦은 밤거리는 차가웠다. 시내버스 안의 노란 백열등 때문일까. 한산한 거리의 먹빛 어둠 때문일까. 방콕에 머물 때마다 사진으로 찍고 싶었던 풍경이, 눈앞에 있었다. 낯선 도시에서 또 하루가 저물어갈 때 길 떠난 여행자가 어쩔 수 없이 만나게 되는 외롭고 쓸쓸한, 그럼에도 이상하게 단단해지는 감정들이 빗물처럼 그대로 그곳 거리에 고여 있었다. 그러니까 나는 내 감정의 빛깔을 사진에 담으며 한 가지 이유를 묻고 있었던 셈이다. 왜 또 떠나와야 했을까? 그것도 다시 라오스로. 무엇을 하고 싶었던 걸까? 아니, 하고 싶은 것이 있기나 했던 걸까? 조금은 귀찮고 조금은 두렵고 조금은 식상한, 그렇지만 도저히 머물러 있을 수는 없는 이 기분을 가지고서.

농카이Nong Khai행 밤기차는 정시에 출발했다. 침대칸 창밖으로 방콕의 불빛들이 멈추지 않는 시간처럼 휙휙 뒤로 달아났다. 얼마의 시간이 지나고 제복 입은 검표원이 다가왔다. 아내와 나의 표를 보며 라오스로 갈 거냐고 묻는다. 그러고는 요즈음 이 기차를 타는 한국 여행자들이 많아졌다고 묻지도 않은 말을 덧붙이는데, 그의 웃음이 마음에 든다. 자신의 일에 대해 자부심을 가진 이들 특유의 명랑한 웃음이다. 그가 가고 덜컹거리는 바퀴소리 리듬을 느끼며 법정 스님의 책을 손에 든다. 하지만 눈이 활자를 따라가는 속도만큼 글이 내 안으로 들어오지 않는다. 머리는 지난 1년 동안 소위 '임용고시' 공부로 반들반들 기름칠이 되어 잘도 돌아갈 텐데, 이상하게 책이 읽혀지지 않는다. 책 속의 법정 스님 생각도 모르겠고, 책 밖의 나의 생각은 더더욱 모르겠

다. 답답하다는 생각. 멍청하다는 생각. 그리고 문득, 사실 이 답
답함 때문에 떠나왔다는 자각. 답답함 이전의 상태로 무엇인가
돌려놓아야 한다는 절박함 때문에, 혹은 무엇인가 내게도 매듭
이 필요하다는 생각 때문에 떠나온 여행일지도. 법정 스님의 글
은 삶이 그러셨듯이 군더더기가 없다. 스님의 글에서 아름다운

마무리란 '지금껏 내가 살아온 길 이외의 다른 길이 없었음을 깨닫는 것'이다. 그 명료한 문장 앞에 서서 나는 한참을 서성인다. 결국 내가 걸어온 길의 의미를 깨닫는 것이 아름다운 마무리라는 말씀이다. 삶의 한 과정을 지나 새로운 또 하나의 과정으로 진입하는 나에게도 아름다운 마무리가 필요하다고 느꼈던 걸까. 약간의 매듭과 약간의 다짐 같은 것들. 그래서 라오스로 떠나오게 된 것일까. 내 인생에서 세 번째로 라오스를 이렇게.

잠시 후, 검표원이었던 남자가 제복을 벗고 다시 나타났다. 이번에 그의 역할은 승객 도우미로서의 차장이다. 좌석을 돌리고 밀고 연결하더니 순식간에 하얀 시트를 씌워 침대를 만들어 준다. 기차 연결 칸에서 담배를 피워대던 젊은 녀석들에게 경고를 주어 쫓아내는 보안관 역할도 잊지 않는다. 나는 그에게 엄지손가락을 세워 존경의 마음을 표현한다. 그 덕분에 편안한 밤이 될 것 같다.

아침이 되었다. 검표원이었다가 차장이었다가 보안관이기도 했던 성실한 우리들의 역무원이 그의 마지막 역할로서 기차의 종착역을 알린다. 곧 기차는 태국 국경도시인 농카이역에 도착했다. 나는 라오스를 세 번 여행하면서 세 번 다 각기 다른 길을 통해 라오스에 입국하고 있다. 이 책 초입에 적었듯이 나의 첫 라오스 여행은 베트남 산악도시 꼰뚬을 통해 라오스 남부 아따뿌로 들어갔었다. 그리고 열세 명의 청소년들과 함께했던 두 번째 라오스 여행에서는 태국 치앙마이와 치앙콩을 거쳐 배를 타고 강을 건너 라오스 북부 훼이싸이Hueisai로 입국했었다. 이제 세 번째 여행은 기차를 타고 태국 농카이에서 라오스 중부 타나랭으로 입국하려는 중이다. 어쩌다 보니 라오스 남부, 북부, 중부의 국경을 모두 넘어보게 된 것이다.

이제 출입국 신고를 마치고 태국—라오스 두 나라를 잇는 기차를 타고 국경을 넘는 일만 남았다. 그런데 기차역에서 파는 기차표 가격이 터무니없이 높았다. 이유는 타나랭 기차역에 도착해 비엔티안까지 가는 미니밴 가격이 포함되어서란다. 하지만 내가 아는 라오스 물가를 감안할 때 마음에 드는 가격이 아니었다. 게다가 관공서인 기차역 매표소에서 사설 여행사 상품을 끼워 파는 웃기는 상황도 마음에 들지 않았다. 결정적으로는 모든 여행자들이 군말 없이 그 패키지 티켓을 '착하게' 구입하고 있는 풍경이 마음에 들지 않았다. 결국 난 매표소 창구에다 얼굴을 디밀고야 만다. 이렇게.

"난 기차표만 사고 싶은데요."

"헤이 친구, 여기 안내문 못 읽어? 비엔티안행 차표와 함께 패키지로 팔고 있잖아!"

"비엔티안은 제가 알아서 갑니다. 기차표만 주세요."

"이봐 친구, 타나랭에 내리면 다른 차는 없다고. 알아? 그러니까 이 패키지 티켓을 사는 게 좋아. 뒤에 줄 서서 기다리는 사람들도 생각해야지. 자, 얼른!"

맞다. 내 뒤에 줄을 서서 기다리는 다른 여행자들 생각도 해야 한다. 나는 빠르게 승부를 짓기로 한다.

"좋아요. 한국에서 온 여행자인 나와 나의 아내는 태국 농카이 기차역에서 매표소 공무원이 기차표를 절대 팔지 않아서 라오스로 갈 수 없게 된 거예요, 그렇죠? 이렇게 이해하고 돌아가서 다른 여행자들에게도 이 상황을 말하고 다닐 생각인데, 괜찮겠죠?"

"잠깐…… 기다려!"

기차역에서 기차표만 살 수 없다니, 그런 나라는 없을 것이라는 나의 상식은 맞았다. 결국 기차표만 손에 넣었다. 그렇지만 내 뒤에 줄을 섰던 다른 여행자들은 아무도 나처럼 기차표만 달라고 말하지 않았다. 내가 아는 상식을 그들이 모른다기보다 타나랭에 내리면 다른 차는 없다는 공무원들의 일종의 협박을 무시할 수 없었던 것뿐일 테다. 나 역시 다른 교통수단이 있으리라고 확신했던 것은 아니다. 다만, '어떻게든 되겠지, 사람 사는 곳에서.' 라는 대책 없는 생각이 들었고 그들의 얄팍한 상술이 그냥 싫었던 것뿐이다. 줄 뒤쪽에 한국인 여행자도 있었다. 초등학생으로 보이는 아들과 아빠. 망설이는 것 같았다. 그들에게 다가가 설명해주려고 하자, 아내가 내 손을 잡았다. 각자에겐 각자의 여행 방식이 있는 법. 아내의 눈이 그렇게 말하고 있었다. 그렇다. 조금 돈을 더 내더라도 한 번에 표를 끊고 비엔티안까지 가는 편이 그들에게는 더 좋을 수도 있다.

기차는 두 나라 사이의 '우정의 다리'를 건넜다. 예전에 국경놀이를 한답시고 이 다리를 한 번은 자전거로, 또 한 번은 이층버스를 타고 건넜었다. 기차는 10여 분 만에 라오스 땅 첫 기차역에 멈추었다. 역사 밖으로 나오자 여러 대의 송태우가 기다리고 있었다. 몇몇 서양 여행자가 티켓에는 미니밴이라고 적혀 있는데 왜 트럭을 개조한 송태우냐고 따져보지만, 아무리 둘러보아도 미니밴 존재를 발견할 수 없는 한 그들의 분노는 소용없는 짓이다. 다수 여행자들은 속상해도 어쩔 수 없는 일이라는 표정들이고, 또 몇 명은 이럴 줄 알았다는 듯 허탈한 미소를 짓고 있다. 아내와 나는 배낭을 내려두고 패키지 티켓을 끊은 사람들이 모두 떠날 때까지 기다렸다. 그것이 예의니까. 결국 모두가 떠난 자리에 한 대의 송태우가 남았다. 1인당 100바트. 잠시 기다림 끝에 라오 사람들 두 명이 더 올라타자 송태우는 비엔티안으로 출발한다. 돈을 아꼈다는 기쁨보다는 쓸쓸함이 성큼 다가온다. 태국의 얄팍한 장삿속이 라오스로 건너온 현장을 목격한 탓이겠지.

곧 송태우는 흙길을 달려간다. 황톳길은 누군가 듬성듬성 심어놓은 것 같은 작은 나무집들 사이로 나아간다. 파란 하늘과 구름, 내 심장으로 불어오는 바람과 검붉은 흙냄새. 비로소 깨닫는다. 내가 여기까지 온 이유. 그러니까, 이 느낌 때문이다. 특별할 것도 없는 이 흙길에서 나는 평화를 느끼는 것이다. 무장해제가 된다. 본래 나의 것이 아니었지만 언제부턴가 나를 둘러싼 나의 방어기제들이 옷에서, 머리카락에서, 얼굴에서, 피부 각질에서 툭툭 떨어져 나간다.

포장도로가 나타나면서 낯익은 길로 올라섰다. 자전거를 타고 달렸던 길이다. 아내가 손짓을 한다.

"저기, 저 삼거리 기억나?"

물론이다. 그 삼거리에서 내 자전거 타이어에 대못이 박혔었고, 저기 저 가게까지 걸어갔었다. 그곳에서 머리가 긴 청년이 구멍 난 타이어를 때우며 박지성을 좋아한다고 했었다. 그리고 나더러 우리들 삶에 그리 걱정스런 얼굴은 필요치 않다고도 말해주었는데, 그는 보이지 않았다. 어쩌면 그 때문인지도. 그러니까, 기억들. 내가 여기까지 떠나온 것은 내 평화로웠던 시간들에 대한 그리움을 쫓아온 것인지도. 일상을 살아내며 망각해가는 여행자로서 나의 유전자를 기억해내기 위해.

다시 만난 비엔티안은 반가웠다. 망고셰이크 맛은 변함이 없었고, 파툭사이 공원에서 사진 찍는 어린 스님들 모습도 여전했으며, 이른 새벽 주황색 딱밧 행렬도 아름다웠다. 아내와 나는 비엔티안에 올 때마다 그랬던 것처럼 도시 이곳저곳을 걷다 다리가 아플 때 쯤 우체국에 들러 나에게 쓴 엽서를 붙였다. 그리고 하루는 자전거를 빌려 타고 파탓루앙과 도심에서 먼 곳들을 돌아다녔다. 무엇이 변했고 무엇이 그대로인지 느끼기에 아직 충분치 않은 시간, 아내와 나는 다시 방비엥으로 향했다.

시실리 마을의 시간 여행자

　여행자의 시간에 대해 먼저 말해두어야겠다. 가끔 지인들이 왜 여행한 나라를 또 여행하느냐고 물어올 때가 있다. 지금부터 하려는 이야기는 그에 대한 대답이 될 수도 있을 것 같다. 기본적으로 한 곳을 여러 번 방문하는 여행자는 '그대로인 것'에 집착하고 '변화한 것'에 민감해지기 마련이다. 그 둘 사이 간극이 여행자에게는 너무나 선명한 탓이다. 이는 매 순간 길이나 건물이 생기거나 사라지고, 새로운 문화가 형성되고 모자이크 되어 가는 변화과정을 그대로 겪는 현지인과 달리, 여행자는 변화의 흔적 혹은 결과로서 어느 한 곳에 고인 시간들만을 만나기 때문이다. 말하자면, 여행자는 그대로인 과거 어느 시간과 변화한 결과로서 현재 시간만을 마주하는 것인데, 결국 과거와 현재라는 선명한 두 개 시간대를 동시에 여행하는 셈이 된다. 그들 도시에게는 이미 흘러가 버린 강물처럼 돌이킬 수 없는 시간들임에도, 여행자는 기억 속에 붙잡아 두었던 시간들을 풀어냄으로써 현재와 함께 과거를 다시 여행할 수 있는 것이다. 이처럼 시간을 여행할 수 있는 특권은 한 번 걸었던 길을 다시 걷는 모든 여행자에게 주어진다는 비밀. 지금 당신에게 누설한다.

처음 방비엥에 도착했을 때 나는 모든 것이 3년 전 그대로라고 생각했다. 작은 하늘. 푸른 바람. 동화책 속 삽화 같은 산봉우리들. 툭 터져버린 자유로운 공기의 투명함까지. 내가 기억하는 라오스는 여기서부터라는 생각이 들 정도였다. 좋았다. 그래서 제일 먼저 찾아간 곳도 예전 여행 때 단골이었던 게스트하우스 근처 식당이었다. 아내와 나는 그때 기억 그대로 차오판_{볶음밥}과 팟타이_{볶음국수}에 파파야 샐러드를 시켰다. 그리고 그때 늘 그랬던 것처럼 부탁의 말도 덧붙인다.

"코리안 스타일로 해주세요."

"두 분 한국에서 오셨어요?"

"아주머니, 혹시 저희 기억 못 하세요? 3년 전에 매일 와서 차오판과 파파야 샐러드를 먹었는데, 코리안 스타일로 해달라고 하면서……."

“아…, 죄송해요. 요즈음엔 한국 사람들이 하도 많이 와서…….”

코리안 스타일이라고 부탁하면 차오판은 매콤하게, 파파야 샐러드는 생선젓갈을 넣어 알싸하게 만들어 준다. 그 맛을 잊지 못해 제일 먼저 찾아왔는데, 우리를 기억 못하

신다. 잠시 후 음식이 나오는데 양이 곱빼기처럼 푸짐하다. 아주머니가 좀 미안하셨던 모양이다.

“잊지 않고 찾아와 줘서 고마워요.”

시간이 지나도 잊지 않았다는 것은 고마운 일이 맞다. 하지만 고마운 것은 우리 몫이다. 그날 맛 그대로라서.

식당에서 나와 강으로 산책을 간다. 이미 저녁나절, 아이들이 나와 뛰어논다. 여기저기 자투리 공간들을 살려 작은 텃밭들이 가꾸어져 있고, 밥하는 냄새가 피어오른다. 골목 끝에서 크고 둥글고 노랗고 파란 풍선 하나가 떠오른다. 열기구다. 마을 초입에서 보았던 광고 입간판을 떠올린다. 열기구 투어 79달러. 변한 것은 열기구의 등장이고, 변하지 않은 것은 그것을 제외한 모든

하늘과 강변의 풍경이다. 마을 사람들이 모두 나와 매해 새로 만든다는 대나무 다리 위를 흑백 실루엣이 되어 건너는 사람들, 자전거, 오토바이. 또 그 아래로 흐르는 순한 강물과 수면에 빗살처럼 튕겨지는 햇살까지. 방비엥에 올 때마다 하루에 몇 번씩이나 이곳에 나와 할 일 없이 다리를 건너가고 건너오고 강물에 발을 담근 채 동화 같은 산들을 바라보곤 했다. 이 정도면 됐다. 이제 친구를 찾아갈 시간이다.

'미스터 리'의 치킨하우스로 향하는 길. 문득 느낀다. 달라졌음을. 거리가 예전만큼 들떠있지 않았다. 남자든 여자든 수영복 패션으로 꿈결인 듯 구름 속인 듯 두둥실 떠돌아다니는 여행자들도 보기 힘들었다. 그때서야 마을 입구 여행 안내 센터의 간판을 기억해낸다. 만화까지 그려 넣어서 마약과 점핑을 금지한다고 강조했던 것이다. 나중에 미스터 리에게 들은 이야기로는 2~3년 사이에 여러 명이 죽었다고 했다. 터져버린 미친 자유에 대한 대가인 셈이다. 변한 것이 그것 뿐만은 아니었다. 거리에서 만나는 한국어가 부쩍 늘었다. 한국인 게스트하우스와 식당들이 몇 개씩이나 생겨났고, 길을 가다 상황버섯 판매, 꿀 판매, 노래방 등의 한국어를 만나는 것도 어려운 일이 아니었다. 단체 여행객들이 늘어난 것이 이유일 듯하다. 속상한 것은 사실인지 알 수 없으나 한국인 여행객을 대상으로 매춘이 생겨나고 있다는 이야기를

듣게 되는 일이다.

미스터 리는 없었다. 대신 그의 아내가, 3년 만인데 어제 만난 사람처럼 경상도 사투리를 '억수로' 써가며 반갑게 맞아주었다. 그리고는 곧장 뜻밖의 이야기를 꺼낸다.

"있잖아요, 사람들이 와가꼬 자꼬 내를 들여다본다 아입니꺼."

"네??"

"책 들고 와가꼬는 이래~ 보다가 '맞지요? 미스터 리 맞지요? 미스터 리 아내 맞지요?' 이 칸다 아입니꺼."

아마도 〈시속 4킬로미터의 행복〉을 읽고 라오스로 여행 온 사람들이 제법 있었던 모양이다.

"죄송해요. 저희 때문에 성가셨을 것 같아요……."

"아입니더! 사람들이 마, 내를 알아보고 우리 아저씨도 알아보고 그카니까, 신기하다 아입니꺼!"

그녀는 작년까지도 한참 사람들이 왔었는데, 요즈음은 뜸하다고 이제 책이 잘 안 팔리느냐고 '작가 주머니' 사정까지 걱정해주더니, 다시 말을 잇는다.

"미스터 리는 비엔티안 갔심더. 내일 올 끼라요. 뭐 할라꼬 지 돈 써감시로 저카는지 내는 알다고도 모르겠심더!"

그녀의 남편 미스터 리는 '아시안 브릿지'라는 비정부기구 대표를 마중 나갔단다. 한국의 시민 단체에서 라오스 시골 마을에 우물을 파거나 학교에 컴퓨터를 무상 보급하는 등의 일들을 하는데, 중간에서 연결해주고 도와주는 모양이다. 그의 아내의 말투에서, 손님이 밀려드는 저녁 시간 식당일은 그녀에게 다 맡겨 놓고 돈 버는 것도 아닌 일로 비엔티안으로 훌쩍 가버린 남편에 대한 원망이 느껴졌다.

다음 날, 아내와 나는 강가에 나가 원두막에서 맥주와 망고셰이크 한 잔씩을 시켜 놓고 흐르는 강물처럼 시간을 가만히 흘려보내며 한나절을 보냈다. 산 그림자가 강물을 반 쯤 건넜을 즈음 자리를 털고 '시실리'라는 새로 생긴 한국인 게스트하우스를 찾아갔을 때, 미스터 리가 그곳에 와있었다. 그는 변함없었다. 그의 팔뚝에서부터 등을 타고 온 몸을 두르고 있는 용과 달마 대사와 마야부인은 물론, 순진한 듯 딱딱한 듯 잘 어울리는 깍두기 머리도 그대로였다. 또한 그의 오지랖도 마찬가지였다. 시실리 게스트하우스 식구들과도 형—동생 하며 매일 저녁을 함께 먹는다는 걸로 보아 그들이 자리를 잡는 동안 적잖은 도움을 준 것 같았다. 그리고 그날 밤 괜찮다는데도 굳이 아내와 내가 묵고 있는 호텔까지 함께 와서는 라오스인 사장과 통화한 후에 호텔 매니저가 숙박비를 깎아주도록 하고야 만다. 하지만 어디 이야기가 그 정도라면, '슈퍼 오지랖' 미스터 리가 아니겠지. 다음 날 그는 시실리 게스트하우스에서 어슬렁거리던 한국인 여성 여행자 두 명

이 홈스테이에 대해 궁금해 하자 바로 자기 차에 태워 인근 마을에 모셔다 주었다. 그리고 마을 이장이 하는 구멍가게에서 아내와 나를 포함한 모두에게 시원한 맥주 한 캔씩을 돌리고, 그 사이 이장과 협상하여 홈스테이 비용을 깎아주고서야 돌아왔다. 또 이야기를 듣고 보니 방비엥 인근 마을에 홈스테이를 시작하도록 처음 다리를 놓아준 것도 그였던 모양이다. 그는 이래저래 바쁘게 살고 있었다. 적지 않은 한국 봉사단체가 그를 통해 라오스 마을들과 만나고 있었고, 그날만 해도 동네 잔칫집 한 곳을 다녀왔다는데 그의 성질로 보아 부조금을 통 크게 내어놓고 온 모양이었다. 그는 더 이상 외로운 여행자가 아니었다. 토착민의 세계 속으로 뿌리를 튼튼히 내렸고, 매일 저녁밥을 함께 먹는 친구들이 있었으며, 무엇보다 경상도 사투리를 억수로 쓰는 아내와 어린 딸이 그의 곁을 지키고 있었으니까. 이제 그를 등지고 돌아서는 발걸음이 더 이상 무겁지 않을 것이다.

방비엥을 떠나기 전날. 시실리 앞마당에 모닥불을 피웠다. 저녁밥은 미스터 리의 치킨하우스에서 먹었고, 차는 시실리 사장님이 우려낸 보이차를 마셨다. 그러고도 마당의 피크닉 테이블에 앉아 하나둘 모여드는 한국인 여행자들과 맥주를 들었다. 그날 어느 여행자 한 분이 아내와 나를 알아보았다. 그이가 라오스로 오게 된 이유가 〈시속 4킬로미터의 행복〉 때문이라고 했다. 나는 다만 여행이 좋고 글 쓰는 것이 행복했을 뿐인데, 그것이 어떤 이에게는 길 떠나는 이유가 되었다니……. 처음엔 우쭐한 기분이 들었다가 이내 심경이 복잡해졌다. 미미할지라도, 여행자를 불러 모으는 데에 나도 일조하고 있다는 생각 때문이다. 변화 그 자체는 흑이거나 백이 아님을 잘 알고 있지만, 마음이 무거워지는 것은 또 어쩔 수가 없다. 변화라는 괴물 앞에서 정체성과 새로움 사이의 길을 찾아가기란 어쩐지 낙타가 바늘구멍을 찾아 들어가기만큼 힘든 일일 것 같아서다.

타닥타닥. 모닥불은 사람을 붙잡아 두는 힘이 있다. 10년도 더 전에 중국 윈난이 좋아 시작한 게스트하우스였는데 중국이 변하면서 라오스로 옮겨왔다는 시실리 사장님. 남자도 육아휴직을 낼 수 있냐고 신기해하던 동료들을 남겨두고 한 달 여행을 떠나왔다는 30대 여행자. 육아휴직 내고 아기 안 보고 여행 오면 아내 분은 어떻게 하냐고 타박 주는 초등학교 여교사. 요즈음 '딸내미' 때문에 산다고 술도 마시지 않고 같은 말을 몇 번이고 반복하는 미스터 리. 그리고 다음 날 새벽 루앙프라방으로 떠나야 하면서도 자리에서 일어날 줄 모르는 아내와 나까지. 모닥불 빛의 일렁이는 그림자가 여행자들을 어둠 속으로 밀어냈다 당겼다 했다. 사람들은 말없이 앉아있다 모닥불이 사그라지듯 말없이 한 명 두 명 자리를 떴다. 방비엥에서의 마지막 밤이 그렇게 말없이 지나가고 있었다.

여행자의 시간에 대해 다시 말해야겠다. 거리의 웅덩이에 물이 고이듯이 한 곳에 고인 과거를 현재로서 만날 때, 나는 시간여행자가 되곤 한다. 사실 이번 세 번째 라오스 여행에서 나는 처음부터 시간을 여행하기 위해 길을 나섰는지도 모르겠다. 나이 마흔에 초등학교 교사가 되겠다고 교육대학에 입학해서 4년 동안 과부하로 삐걱거리는 머리통을 달래가며 시간들과 싸웠다. 그리고 임용고시를 보았고, 그 결과에 따라 남은 젊음을 '초딩'들과 함께 보낼 출발선에 서게 될 것이다. 그래서다. 흔한 말로 내 초심을 돌아보고 싶었는지도 모르겠다. 일상 속에 있으면서도 일상으로부터 자유로울 수 있기 위해, 일상의 질서와 규율에 익숙해져가는 나를 낯설게 바라보고 싶었던 것 같다. 내 인생에서 가장 자유로웠던 시간들을 다시 여행함으로써. 생각해보면 아내와 내가 방비엥에서 지낸 4박 5일 동안 거의 대부분의 시간을 '시실리' 주변에서 어슬렁거린 것도, 사실은 '시실리時失里'라는 이름 때문이었는지도 모르겠다. 시간을 잃어버린 마을. 일상 속에서 시간을 잃어버린 자가 여행길에서 우연히 만난 시실리라는 마을에서 시간을 되찾을 수 있는 열쇠를 구하고 싶었는지도.

내 인생 세 번째 라오스 여행은

1.

루앙프라방 가는 길이 좋아졌다. 하지만 미니버스에 동승한 여행자들 분위기는 싸늘했다. 예전 그날들처럼 현지 버스를 탈 걸. 여행사에서 운행하는 투어리스트 버스도 한 번 타보자는 생각이었을 뿐인데, 그 대가치고는 크다. 겨우 창문 열고 닫는 문제로 격한 소리를 하며 싸움을 한다. 이스라엘과 독일에서 왔다는 두 여행자 커플. 여행자들끼리 저토록 유치하게 싸우는 꼴은 처음 보았다. 듣고만 있는 아내와 나도 슬슬 짜증이 난다.

"왜 하필 내가 탄 이 작은 버스 안에서……."

여행자에게는 나의 여행은 반드시 좋아야 한다는 일종의 강

박이 있다. 어렵게 시간 내고 돈 들여 온 여행이니 아무쪼록 즐겁
고 행복하기를 바라는 마음은 당연하다. 그래서 때론 평소의 나
보다 더 용감해지기도 하고, 때론 불편한 것을 더 잘 참아내기도
한다. 설사 나쁜 일들이 생기더라도 어떻게든 좋은 결말로 이끌
어가려 애쓴다. 너그럽게 교훈을 얻은 것으로 의미를 채우거나,
추억의 에피소드로 각색해서라도. 그래서 자신의 여행을 이야기
할 때는 조금씩 포장도 하게 된다. 예쁘거나 용감하게 혹은 아름
답게. 나 역시 그런 듯하다. 여유로운 척, 욕심 없는 척해도, 내
겐 강박이 있다. 일상에서 멀어지려고 떠나온 여행이지만, 여행
에서 돌아왔을 때는 일상 안에서 단단해질 수 있어야 한다는.
　영어라는 언어로도 저렇게까지 유치하게 싸울 수 있다는 사실

을 알게 해준 두 여행자 커플은 아무런 반전을 보여주지 않았다. 영화에 익숙한 나는 어떤 반전을 기대했지만, 현실은 그냥 흘러가는 것이다. 그러므로 나 역시 이번 여행에서 그랬으면 좋겠다. 있는 그대로, 좋으면 좋은 대로, 아쉬우면 아쉬운 그대로를, 나의 여행으로 추억할 수 있기를.

2.

루앙프라방은 추웠다. 예상치 못한 추위에 여행자는 당황스럽다. 당황스러운 것은 현지 사람들도 마찬가지였다. 그들이 기억할 수 있는 한에서는 처음 겪는 추위라고 했다. 집에 창문이라곤 방충망 뿐이거나 겨울옷은 가져본 적도 없는 그들. 애초에 난방이라는 개념 자체가 없었으므로, 도시 전체가 추위에 떨고 있었다. 시골에서는 사람들이 여럿 죽었다는 이야기도 들렸다. 한편으로는 상층민 중심으로 한국 전기장판이 빠르게 보급되는 중이라고도 했다.

그렇지만. 기후변화가 가져왔을 그 추위도 루앙프라방 골목의 평화로운 풍경까지 바꿔놓지는 못한다. 이른 새벽의 탁밧은 변함이 없고 스님들은 여전히 맨발로 돌길을

걷는다. 탁밧이 끝나고 시작되는 시장의 활기도 변함이 없다. 오후의 햇살은 강물을 따라 튕겨 올라 골목골목마다 흑과 백으로 쌓여들고, 정갈한 사원들은 새의 날개 짓으로 파란하늘과 만난다. 해가 지면서 야시장 불빛은 지금껏 경험해보지 못한 추위를 이기고자 더욱 따스한 온기를 내뿜는다. 그리고 어느 오후였다. 다리쉼을 하려고 들어간 사원에는 스님들이 탱화 채색작업을 하고 있다. 빨랫줄에 널린 주황색 승복이 햇살을 받아 수줍게 춤춘다. 둥. 둥. 둥. 북 소리에 이끌려 간 곳에는 스님들이 시간에 맞추어 북을 친다. 둥. 둥. 둥. 둥. 둥. 둥. 둥. 북소리가 끝날 때까지 그 자리에 멈추었다가 사원 한 편의 의자에 앉는다. 도토리처럼 생긴 작은 열매를 팽이처럼 돌리며 무료한 오후 시간을 보내던 어린 스님이 말을 걸어온다.

"하우 아 유?"

내 인사를 돌려받기도 전에, 그는 열한 살이라는 말부터 했다. 내 이름과 국적도 물어보았다. 그러고는 한참을 자신이 알고 있

THE CHANG INN
Luang Pra bang
CAFE de Laos
12 different kinds of
coffee beans & teas!
TRY OUR NEW
Red duck curry or
Green chicken curry
baguette sandwich
Vietnamese style
eggs in hot pan

는 영어를 떠올리는 듯 말이 없더니, 대뜸 한국을 좋아한다고 했
다. 이번에는 내가 물어보았다. 맨발에 홑겹 승복이 춥지 않으냐
고. 어린 스님은 오후의 태양을 향해 고개를 들어보였다. 따뜻한
햇살이 있어 괜찮다는 뜻이리라.

3.

　루앙프라방에서 라오스 여행을 끝내기로 했다. 떠나기 전에 찾
아갈 데가 한 곳 있었다. 강변 아름드리 큰 나무들 아래에 있는
빅트리 카페. 여행 학교 청소년들과 함께 왔을 때 그곳 주인장에
게 신세를 졌었다. 꽝시폭포로 자전거를 타고 가던 날이었다. 한
녀석이 자전거와 함께 논두렁으로 추락했고 말도 통하지 않는
상황에서 입술을 꿰매는 수술을 해야 했다. 그때 한국인이라는
이유만으로 빅트리 카페 주인장에게 무작정 전화했었다. 그녀는
오토바이를 타고 곧장 달려왔다. 그리고
3년. 언제나처럼 그녀는 원두커피를
연하게 내려주었고, 아내는 그날
에피소드가 담긴 책 한 권을 전
해주었다. 그녀는 남편과 함께 더
바빠진 것 같았다. 식당일 말고도
가난한 학교를 돕고 다큐멘터리를 만

드는 등 지역사회에 기여하는 일들을 늘려가고 있는 듯했다. 카페에 오래 머무를 수는 없었다. 그녀는 바빴고, 반가움의 크기가 달랐다. 여행자인 나에겐 길에서 만난 특별한 인연이지만, 이주민인 그녀에게는 오며가며 들르는 숱한 여행자들과의 일상일 수도 있으니까. 루앙프라방의 추위를 견디기 힘든 것도, 인연에 대해 서운한 것도 아마도 내 기대의 크기가 다르기 때문일 것이다.

전날에는 오토바이를 렌트했었다. 그리하여 도심을 벗어나 외곽으로 돌아다녔다. 꽝시폭포도 다시 다녀왔고, 강을 따라 도로가 이어지는 곳까지 무작정 달려보기도 했다. 시가지와는 또 다른 느낌이 좋았다. 그러다 문득 루앙프라방 공항을 향했다. 청사는 고풍스럽지는 않았으나 아담했다. 떠나고 싶었다. 벽면에 라오스 지도가 있었고, 그 아래 캄보디아 땅이 눈에 들어왔다. 따뜻하겠지. 앙코르와트에 지는 태양을 보며 돌계단에 앉고 싶었다. 그리고 바이욘의 미소를 한 나절 정도 보고 있어도 좋을 것 같았다. 로비에 있던 라오스 항공사 문을 열었다. 그리고 딱 두 좌석이 남았다던 시엠립 행 항공편을 예매했다. 어쩌면 추위 때문이었을 것이다. 애초 계획했던 북부지역으로의 여행을 포기한 것은. 하지만 지금 생각해보면, 이번 라오스 여행은 여기에서 그만 끝내도 좋겠다고 느꼈던 것 같다. 충분하다고. 내 인생 세 번째 라오스 여행은.

라오스가 좋아

초판 1쇄 인쇄 2016년 5월 09일
초판 1쇄 발행 2016년 5월 16일

글·사진 김향미, 양학용
펴낸이 김은주
책임편집 황재희
마케팅 이삼영
디자인 이주원

인쇄 (주)재원프린팅

펴낸곳 별글
블로그 http://blog.naver.com/starrybook
등록번호 128-94-22091(2014년 1월 9일)
주소 경기도 고양시 덕양구 오금로7 신원마을 3단지 305동 1404호
전화 070-7655-5949 | 팩스 070-7614-3657

ⓒ 김향미·양학용, 2016

이 책은 저작권법에 따라 보호를 받는 저작물이므로 무단 전재와 무단 복제를 금지하며,
이 책 내용의 전부 또는 일부를 이용하려면 반드시 저작권자와 별글 출판사의 서면 동의를 받아야 합니다.
책값은 뒤표지에 있습니다. 잘못된 책은 바꾸어 드립니다.

ISBN 979-11-86877-23-4 14800
     979-11-86877-13-5 (세트)

이 도서의 국립중앙도서관 출판예정도서목록(CIP)은 서지정보유통지원시스템 홈페이지(http://seoji.nl.go.kr)와
국가자료공동목록시스템(http://www.nl.go.kr/kolisnet)에서 이용하실 수 있습니다. (CIP제어번호 : 2016009904)

별글은 독자 여러분의 책에 대한 아이디어와 원고 투고를 기다리고 있습니다.
책 출간을 원하시는 분은 이메일(starrybook@naver.com)로 간단한 개요와 취지, 연락처 등을 보내주세요.